WATER
PROOF
BOOK

스크롤을 멈추면

민음사

어느덧 올해의 절반이 지났습니다. 봄부터 이어진 여러 일을 갈무리한 후 주위를 돌아보니 여름휴가 이야기가 조금씩 들려오네요. 아직은 별 계획이 없다는 쪽이 다수이지만 '아직은'이라는 단서에서 '그래도 가긴 해야지.' 하는 희미한 의지가 느껴집니다. 그래요, 바쁠수록 쉬어야지요. 틈이 없는 때일수록 틈을 내야 합니다.

여러분의 상반기는 어땠나요? 저는 한편으로는 어느 때보다 앞날을 가늠하기 어려운 현실 소식에 혼란해하고, 다른 한편으로는 도파민 중독용 숏폼 콘텐츠와 정보값 '0'의 바닥을 뚫고 내려가는 노이즈 정보, 플랫폼이 한 차례 걸러내 겉보기에 멀쩡한 온갖 이미지와 영상의 홍수 속에서 사지를 허우적댔어요.

팬데믹이 휩쓸고 간 지구촌 세상, 엄지로 쓱-쓱 넘겨 본 스크린 속 세상살이는 이전보다 훨씬 선명하고 멀끔한데, 동시에 이상하리만큼 과장된 느낌을 줍니다. 이것이 진짜인가? 모두 이렇게 제대로(혹은 미쳐서) 살고 있단 말인가? 눈을 슥 비비고 진짜 사람이 있는 곳에 가 보면 들리는 이야기는 거칠고 침울합니다. 전쟁이 일어났고, 고꾸라진 경제가 언제 좋아질지 알 수 없고, 아픈 이들은 온몸을 던져 무언가 잘못됐다고 외칩니다. 하지만 이러한 사정을 나누고 머리를 맞댈 창구는 좁아지고 있습니다.

올해의 워터프루프북은 인문잡지 《한편》의 글을 두 개의 테마로 묶어 준비했습니다. 이 책은 '스크롤을 멈추면' 드러나는 가상 이미지의 허약함과 강력함을 생각해 볼 여섯 편의 글로 채워 보았어요. '내가 되는 연습'과 함께 탐구할 스마트폰 세계의 이야기들이에요.

하미나 작가의 「곧바로 응답하지 않기」는 카카오톡, 이메일, 문자, 소셜 미디어의 알람을 끄고 단 몇 시간이라도 아무것도 하지 않는 시간을 견뎌 보자고 제안합니다. 공격적으로 쏟아지는 외부의 이미지와 메시지에서 거리를 두면 화려함에 가린 우리의 조각난 면면이 보입니다.

'저속노화 선생님'으로 활약하는 노년내과의 정희원은 「지속가능한 몸 만들기」에서 바디프로필 사진 한 장을 위한 초단기 몸만들기의 위험을 조목조목 짚고, 진정 건강한 몸의 상과 이를 위한 실천법을 알려 줍니다. 또 어떤 가상 이미지가 있을까요? 「섹스 중계자들의 우화」를 쓴 퀴어 연구 활동가 허성원은 소셜 미디어에 자신의 성행위를 중계하는 사람들을 인터뷰해 그들이 왜 '섹스 중계'에 빠지게 되었는지 분석합니다.

예쁘고 멋진 몸을 피드에 남기고 싶은 욕구, 정말 기분이 좋아서라기보다 그렇게 해야만 할 것 같아서 관심 구하기를 멈추지 못하는 충동을 우리는 모르지 않습니다. 하지만 이것이 진짜 우리인 것도 아닙니다. "이 플랫폼에서의 우리와 저 플랫폼에서의 우리는 다르게 연출"되니까요. "잠재적으로 언제나 쇄도하는 플랫폼'들'이 우리를 독촉하며, 우리의 시간을 그것들 사이에서 분열되고 있다."라고 프랑스철학 연구자 김민호는 「플랫폼들의 갈라지는 시공간」에서 분석합니다.

우리의 또 다른 조각은 과장된 화려함뿐 아니라 현실의 슬픔과 분노를 게시합니다. 2022년 이란 히잡 시위 현장과 활동가의 메시지는 24시간이 지나면 사라지는 인스타스토리를 타고 세계 곳곳의 이란 청년 그리고 그 연대인들에게 퍼졌습니다. 그보다 11년 전, 일본 후쿠시마시에 닥친 재해는 원전 사고라는 공포의 이미지로 굳어졌습니다. 하지만 후쿠시마의 주민들은 긴장과 불안 속에서도 그곳에서 살아가고 있습니다. 인류학자 구기연이 「인스타스토리로 연대하기」에서, 인류학자 오은정이 「후쿠시마의 주민들」에서 찾은 이야기는 가상 이미지 너머에 살아 있습니다.

수많은 자극과 사건 사고 속에서 어떻게 진짜를 발견할 수 있을까요? 저는 아직 방법을 찾지 못했습니다. 다만 가끔은 스크롤을 멈추고 눈앞의 이미지를, 귓가로 넘어오는 소리를 가만히 노려보고 예민하게 귀 기울여 봅니다. 그리고 그렇게 발견한 틈을 잡아벌려 봅니다. 책이 잠시간 아무것도 하지 않는 시간을 만들어 줄 수 있다면, 워터프루프북을 집은 여러분 역시 가상의 바다에서 고요하게 바라볼 무언가를 찾을 수 있을지요.

차례

곧바로 응답하지 않기
*
하미나

11

섹스 중계자들의 우화
*
허성원

31

인스타스토리로 연대하기
*
구기연

50

지속가능한 몸 만들기
*
정희원

22

플랫폼들의 갈라지는
시공간
*
김민호

41

후쿠시마의 주민들
*
오은정

60

곧바로 응답하지 않기

＊하미나

돌이켜보면 고등학교에 입학하던 순간부터 30대 초반인 최근까지 소위 '저녁이 있는 삶'을 살지 못했다. 아침에 눈을 뜨자마자 그날의 일이나 공부를 시작했고 대체로 잠들기 직전까지 지속되었다. 온종일 머릿속을 둥둥 떠다니는 투두 리스트를 추가하거나 삭제하며 지냈고 생산성과 관련되지 않은 술자리나 밥 약속은 최소한으로 줄였다. 그럼에도 언제나 시간이 부족하다는 느낌을 받았던 것 같다.

20대 중반이었나. 주말을 맞아 당시 만나던 연인과 한강공원에 놀러 간 날이었다. 그는 당시의 나보다 시간과 에너지를 들여 순간을 아름답게 만드는 데에 일가견이 있는 사람이었다. 겨울을 지나 봄이 찾아왔고 따스한 바람이 살랑거리며 사람들 사이를 지나다녔다. 비릿한 물 냄새를 맡으며 우리는 돗자리 위에 누웠다. 누워 있는 얼굴 위로 나뭇잎이 만들어낸 그림자가 일렁이고 있었을 텐데 평화로워 보이는 겉모습과 달리 나의 마음은 시끄러웠다.

'이렇게 아무것도 안 하는 시간에 ○○을 끝내 놓으면 훨

11

씬 좋을 텐데…….'

'왜 나를 이런 곳으로 끌고 온 거지?'

'인생을 이렇게 비효율적으로 살다니 먹고살 만한가 보군.'

'이건 시간 낭비야.'

나는 좌불안석이었고 그 불안감에서 온 분노를 아무 잘못이 없는 상대에게 조용히 쏟아붓고 있었다.

우리는 얼마 못 가 헤어졌다. 그와 만든 몇 개의 장면만이 현재의 내게 종종 돌아오는데 돗자리 위에서 불안해하던 나의 모습이 그중 하나다. 혼자서는 도저히 스스로를 멈출 수 없던 나의 일상에 그가 들어와 어렵사리 텅 빈 시간을 만들어 냈고, 그 덕분에 내가 시간을 감당하는 것을 어려워한다는 것을 알게 되었다. 언젠가 권여선 작가의 인터뷰에서 사람에게 가장 힘든 일은 '시간을 보내는 일'이라고 말하는 부분을 읽은 적이 있다. 동의한다. 텅 빈 시간, 텅 빈 일정, 텅 빈 머리, 텅 빈 대화. 이런 것들을 감당하기란 쉽지 않다. 비어있는 공간에서 우리는 자기 자신과 마주쳐야 하는데 그렇게 마주친 자신의 존재를 감당하는 일이란…… 정말이지 끔찍하다. 그것이 너무나 어려운 나머지 우리는 해야 할 일을 만들고, 쓸데없는 말로 침묵을 채우고, 사람과 사건에 대한 이론을 계속해서 생성해 낸다. 아무것도 하지 않는 시간을 충분히 버티는 사람을 나는 진심으로 존경한다.

처음 스스로 멈춘 순간

2021년 첫 책을 출판하기 전까지 투두 리스트에 쫓기는 삶은 계속되었다. 당시에는 대학원 공부와 창작 활동을 병행하고 있었고 거기에 생계를 유지하기 위한 돈벌이를 하지 않을 수 없었기에 언제나 스리잡 체제였다. 20대 내내 바쁘게 지낸 삶 덕분에 형편이 나아진 것도 사실이어서 그런 삶의 방식을 좋거나 나쁘다고 판단하기가 현재의 나로서는 어렵다.

어쨌든 첫 책을 낸 후 나는 더 이상 이 방법을 유지할 수 없다고 판단했다. 좋은 글을 쓰고 싶었고, 그러려면 시간이 필요했다. 삼사 년 정도의 시간이 아니라 삼사십 년 정도의 시간. 그 시간을 버티려면 지금과 같은 방법이어서는 안 되었다. 이렇게 살다간 심장마비나 동맥 경화로 죽거나 혹은 목 허리 디스크로 고통받을 것이 분명했다. 이후에는 여러 가지 방법을 동원하여 몸의 긴장을 풀고 이전과는 다른 방식으로 살아갈 방법을 연습했다. 그중 하나는 무호흡 잠수인 프리다이빙을 배우는 것이었다.

프리다이빙은 하면 할수록 나에 대해 알게 되는 스포츠였다. 대개 수심 훈련을 하면 바다에 부이(부표)를 띄워 두고 다이버 서넛이 함께 훈련한다. 잠수하는 다이버는 이번에 몇 미터를 다녀올 것인지를 다이빙 파트너인 버디에게 말하고, 숨을 폐에 가득 채운 뒤 무호흡으로 다녀온다. 어두운 바닷속으로 내려가 이전보다 깊은 수심에 도달하려 애쓰는 일은 공포스럽고도 성취욕을 자극하는 일인데, 희한하게도 욕심을 부릴수록 목표한 곳까지 다다를 수 없다. 욕심을 낼수록 몸이 경직되고 심장이 빨리 뛰어 산소를 많이 소모하기 때문이다.

바다 아래로 내려가는 동안 다이버는 두려움, 욕심, 경쟁심, 걱정, 수치심 등 여러 감정을 통과한다. 그렇게 어쩔 수 없이 자신을 직면하게 된다. 의욕을 앞세워 성장하기보다 몸이 적응하기를 기다리며 천천히 자라는 것이 프리다이빙이었다.

바다에 들어가기 전까지 나는 내 몸이 그렇게나 심하게 경직되어 있는 줄 알지 못했다. 편안하게 이완한 상태로 일상을 산 적이 너무 오래되어서 그것이 어떤 상태인지를 잊은 탓도 크다. 일상을 살아가다 정신을 차리고 보면 손톱자국이 남을 정도로 주먹을 꾹 움켜쥐거나 자는 동안 어금니를 꽉 깨물어 얼얼해진 턱을 벌리는 것조차 어려워했으면서도 해야 한다고 생각한 것들을 해내려고 아득바득했다. 내가 이만큼이나 잘할 수 있다는 것을 증명하고 싶어서 편안하다고 느끼는 정도 이상까지 밀어붙이며 지내 왔음을 바다에서 천천히 깨달았다. 그런 방식의 삶은 오랫동안 한국 사회에서 교육받아온 '잘 사는 삶'이기도 했다.

프리다이빙은 그간 내가 얼마나 경직된 채 무리하며 일해 왔는지 돌아보게 해 주었고, 힘을 주기보다 이완하는 쪽이 훨씬 배우기 어렵다는 사실도 일깨워 주었다. 이전의 방식, 힘을 줘서 밀어붙이는 방식으로 도달할 수 없는 곳이 있음을 가르쳐 주었고 동시에 힘을 주지 않고도 앞으로 나아갈 수 있는 새로운 방법을 알려 주기도 했다. 프리다이빙이 아니라 바다가 가르쳐 준 것이라고 말해야 정확할지도 모르겠다. 어쨌든 이후로는 무얼 하든 조급함이 많이 줄었다.

비우기를 연습하는 법

혹시 평소에 어금니를 꽉 깨물고 지내지 않아? 숨 쉬는 걸 잊지 않아? 공황이나 불안을 느끼지 않아? 조급함 때문에 여기에도 저기에도 진득하게 집중하는 게 어렵지 않아? 이런 물음에 대단히 많은 친구들이 그렇다고 답한다. 이 문제가 나만의 문제가 아님을 여러 경로로 확인한 바 있기에 이 글은 아름

담기보다 실용적인 편이 나을 듯하다. 지금 당장 바다로 뛰어들어 프리다이빙을 하기는 쉽지 않을 것이므로 내가 쉼을 연습한 방법을 공유하고 이것이 어떤 효과가 있는지를 하나씩 소개해 보고 싶다. 기본적으로 이 리스트는 자극으로부터 멀어지는 것과 관련이 있다.

첫째는 '온 콜(on call)' 상태, 곧 바로 응답해야 하거나 응답할 수 있는 상태에서 벗어나는 것이다. 이것이 휴식에 가장 중요하다. 업무 시간이 아니라면 핸드폰 알람을 꺼 두거나 알람을 꺼 두어도 되는 시간을 최소한으로나마 마련한다. 카카오톡, 이메일, 문자, 소셜 미디어 등 습관적으로 확인하는 알람에서 멀어지는 시간을 단 두 시간이라도 확보해야 한다. 스마트폰은 곁에 두는 것만으로도 관심을 쏠게 하는 힘이 있다. 나의 경우 적극적으로 고요한 시간을 만들 때에는 서랍 속에 넣어 놓는 등 시야에서 사라지게 만든다.

둘째로 온 콜 상태에서 벗어나기가 어렵게 느껴진다면 그럴 수밖에 없는 상태를 적극적으로 만들어 낸다. 나는 주로 물을 가까이하는 방법을 택한다. 꼭 바다가 아니더라도 수영장이나 목욕탕에 가서 몸을 담그거나 집에서 샤워하는 시간도 몸을 이완하게 한다. 짧은 시간이어도 효과는 강력하다. 이런 곳은 스마트폰을 들고 가기 어렵기에 휴식에 큰 도움이 된다.

셋째로 서울을 벗어난다. 꼭 해외로 나갈 필요도 없다. 주말에 서울 밖으로 나가는 것만으로도 시간의 흐름에 큰 변화를 느낄 수 있다. 온갖 광고와 소음, 자극이 끊이지 않는 서울은 공황과 불안을 유발하는 최고의 공간이다.

넷째로 선택지가 많은 상황을 줄인다. 매일 아침 무엇을 입을지, 어떤 화장을 할지, 누구를 만날지, 필요한 물건 중 어떤 것이 합리적인 선택일지, 점심이나 저녁 메뉴로 무엇을 먹은지, 운동은 무엇을 할지……. 선택지가 많은 상황은 자꾸 생각하게 만들고 오래 고민하더라도 놓친 것에 대한 아쉬움을 키워 내 선택에 대한 만족감을 줄이는 경향이 있다. 크게 중요한 일이 아니라면 과감하게 선택지를 줄이고 선택한 것을 한동안 밀고 나간다. 예를 들면 매일 같은 옷을 입거나 매일 같은 메뉴를 점심으로 먹는 식이다.

그 밖에 내가 휴식할 때 사소하게 하는 일들은 다음과 같다.

— 혼자 오랫동안 차를 마신다. 다기(茶器)와 찻잎이 떠다니는 모양을 구경하고 젖은 찻잎의 냄새를 맡는다.

— 아침에 일어나 손 가는 대로 일기를 쓴다. 쓰면서 앞으로 돌아가 문장을 다시 읽지 않고 다 쓰고 난 뒤에도 한동안 다시 읽지 않는다. 검열하지 않고 자유롭게 쓰기 위한 장치다.

— 동네에서 가장 석양이 아름다운 곳으로 가서 해가 다 질 때까지 아무것도 하지 않고 바라보기만 하다가 집으로 돌아온다.

— 요가를 한다. 너무 열심히는 하지 않는다. 다음 날 또 가고 싶을 정도로만 한다.

— 도시 곳곳에 있는 화단 혹은 작은 정원에서 살아가는 식물을 유심히 관찰한다. 비가 온 다음 날 얼마나 무성히 자라나는지를 살펴본다.

— 산책하며 새소리를 듣는다. 도시에 살아가는 새가 무척 많으며 시간대별로 새소리가 다르다는 것을 알아차릴 수 있다.

— 공원에서 햇빛을 받으며 누워 있다. 엎드려 누운 뒤에 지나가는 개미를 관찰한다. 개미의 경로가 어떤 식으로 이어지는지 본다.

— 그날 먹을 식사를 그날 장을 봐서 해 먹는다. 요리를 할 때 각종 식재료가 주는 다양한 시각, 촉각, 후각적 감각을 누린다.

— 커리어와 관계없이 오직 즐거움만을 위해 책을 읽는다.

— 좋아하는 사람과 같이 시간을 보낸다. 이때 개와 고양이가 보호자와 함께 있는 모습을 떠올리면 도움이 된다. 그들은 부러 웃거나 대화를 이어 가려고 하지 않는다. 그냥 곁에 있을 뿐이다.

이러한 활동은 내게 휴식이다. 마음을 비우고 명료하게 해 준다. 기본적으로 생산성과 관계없이 오로지 순수하게 즐거움을 위한 활동을 한다고 생각하면 된다. 이 단순해 보이는 활동을 하기 위해서 나는 오랫동안 노력하고 있다. 예민한 인간으로 태어나 제정신으로 살아갈 수 있는 일상을 찾아가는 과정이다. 언뜻 무용해 보이는 시간은 이제 나의 삶을 지탱하는 중요한 의례가 되었다. 겉으로는 허송세월하듯 보일 수도 있지만 이 같은 고요한 시간은 무언가로부터 도피하는 것과는 무척 다르다. 조용히 시간을 보내는 동안 마음에서 아주 많은 일이 일어나기 때문이다. 어떤 공간이 비면 새로운 것이 차오르기 마련이다. 반대로 새로운 것이 차오르려면 비워 놓아야 한다.

예를 들면 나는 사람들 사이에 있을 때 즐거워하면서도 스트레스를 크게 받는 편이다. 매일 아침 차를 마시며 전날 사람들 사이에서 받았던 자극과 나의 반응을 돌이켜 보고 수없이 쏟아져 들어오는 자극을 감당하느라 지친 스스로를 도닥일 수 있다. 차를 마시면서 썼던 일기를 한 달쯤 뒤에 돌이켜 보면 인간관계에서 반복되는 패턴이 읽히기도 한다.

최근 유난히 크게 스트레스를 받고 위축되는 관계가 있다는 것을 일기를 통해 발견했다. 그런 날에는 파트너나 가족서럼 가장 가까운 사람에 대한 불만이 커지고 속으로 하는 불평도 많아진다. 나는 내가 괴로움이 반복되는데도 쩔쩔매며 해로운 관계를 끊지 못한 사실보다 애꿎은 파트너에게 화를 내면서 그것이 화날 만한 일이라고 정당화하고 합리적인 이유를 갖다 댔다는 것에 놀랐다. 나에게 온 부정적인 감정은 궁극적으로 그가 아닌 다른 누군가가 촉발한 것이었다. 차 마시기와 일기 쓰기는 밑 빠진 독에 물 붓는 것처럼 나의 에너지를 소진시키는 관계나 상황을 알아차리게 해 주고 장기적으로 이런 관계나 상황을 줄이게 도와준다. 그러면 정말 놀랍도록 일상이 쾌적해진다.

쉬는 시간을 갖기에는 삶이 너무 바쁘다고 생각할 수도 있다. 그렇지만 쉬는 시간은 바쁘게 흘러가던 일과에 환기할 틈을 허락하여 삶의 방향을 재조정하고, 나아갈 길과 관계없는 것들을 줄여 일상을 간결하게 해 준다. 만날 필요가 없는 사람, 할 필요가 없는 일, 노력할 필요가 없는 프로젝트에 그동안 얼마나 많은 시간과 에너지를 써 왔는지를 떠올리면 하루에 한두 시간쯤 고립되어 차를 마시는 것 정도는 생산성 측면에서 전혀 낭비가 아니다. 하고 싶지 않은 것을 안 하기로 할 때 생기는 여유와 힘이 무척 크고 많다.

텅 빈 나와 마주하며

쉬는 연습이 왜 필요한가? 생산성과 관련이 있는 그 무엇도 하지 않는 시간이 왜 필요한가? 여기까지 쓰다 보니 결국 쉼이란 빼곡한 일상에 공간을 불어넣는 일이라는 생각이 든다. 공간은 공간일 뿐 그곳을 채우는 내용은 저마다 다르다. 공간의 역할은 빈 공간을 만드는 것 그 자체다. 그곳에 무엇이 들어찰지는 사람마다, 또 때에 따라 다를 것이며 그편이 자연스럽다.

쉼은, 일상에 빈 공간을 만드는 것은, 온 콜 상태에서 벗어나는 일이며 바로 응답하라는 요청을 거부하는 일이다. 즉각적인 자극은 즉각적인 반응을 불러일으키고 그러다 보면 표면적인 현상 아래에 반복되는 어떤 것을 볼 수 없게 된다. 무엇보다 세상의 압력과 요구에 응답하느라 자기답지 않은 선택을 내리게 된다. 자꾸만 빠르게 응답하기를 요구하는 세상에서 쉼은 더 중요하고 더 본질적이고 더 진실한 것에 접근하기 위해 반드시 필요한 행위다.

사람들에게 어떤 삶이 더 좋은 삶인가를 가르칠 자격도 그런 소양도 없지만 적어도 나는 지금의 내가 원하는 것이 무엇인지는 안다. 이는 일상에서 충분한 휴식을 취해야만 알 수 있다. 나는 빼곡한 성취로 가득한 커리어가 아니라 일상에 더 자주 아름다운 순간을 목격하기를, 그런 순간을 만들어 내기를 원한다. 더 많은 독자를 갖기보다 깊고 유의미한 단 하나의 관계를 제대로 만들기를 바란다. 칭찬받고 인정받는 일이 아니라 시대적으로 옳다고 여겨지는 것 너머를 사유할 정신의 자유로움을 찾고 싶다. 글쓰기를 통해 이 탐구를 지속할 수 있게 되기를 원하고 그 여정이 고행이 아니라 기쁨이길 바란다.

팔레스타인 작가 아다니아 쉬블리를 만났던 일을 짧게 소개하며 글을 마치고 싶다. 2023년 7월에 아다니아 쉬블리의 소설 『사소한 일』이 한국어로 번역 출간되고 같은 해 10월 이를 기념하는 행사가 한국에서 열렸다. 그 사이 하마스와 이스라엘 사이에 전쟁이 벌어졌고 프랑크푸르트도서전에서 계획되어 있던 작가의 시상식이 주최 측에 의해 일방적으로 취소됐다. 쉬블리는 자신이 한 약속을 지키기 위해 10월 예정대로 한국을 방문했다. 행사 날, 팔레스타인 작가로서 팔레스타인과 관련한 수많은 질문을 들고 참석했을 사람들을 앞에 두고 그는 당부했다. 하마스-이스라엘 전쟁과 관련한 질문을 하지 말아 달라고 말이다.

"때로 침묵이 더 강하기도 합니다. 여러분은 아마도 저에게서 듣고 싶은 이야기가 있겠지만, 때로 침묵이 훨씬 더 커다란 것을 내포하고 전달할 수 있다고 생각합니다."

쉬블리는 만들어진 기대에 부응하지 않는 것이 자신에게 중요하다고 말했다. 기대는 때로 압력이 될 수 있기 때문이다. 쉬블리에게 문학은 도구가 아니며, 따라서 어떤 역할을 맡아야 하는 것이 아니다. 그에게 문학은 "어딘가로 들어갈 수 있는 문 또는 입구"다. 그 문학을 통해 우리는 불가능한 것을 가능하게 하는 환대의 공간을 만들어 낼 수 있다.[1]

아다니아 쉬블리의 침묵. 팔레스타인 작가로서 자국을 대변하라는 요청과 압력에 부응하지 않는 것. 입장과 주장을 빠르게 정리하고 소리쳐 공표하지 않는 것. 이것이 당장 행동하고 응답하는 것에 비해서 더 낫거나 못하다고 누구도 판단할 수 없다. 그러나 최소한 그것은 아다니아 쉬블리가 원하는 바이고, 그렇기에 좀 더 그다운 것이다. '팔레스타인 작가'로만 소환되고 대표되는 일을 거부하며 자신의 고유함을 협상하지

---

1   최재봉, 「시상식 취소당한 팔 작가 쉬블리…… "때로는 침묵이 더 강해"」, 《한겨레》, 2023년 10월 24일.

않고 고수하는 일이기도 하다. 그런 시간과 태도가 아니었다면 『사소한 일』과 같은 소설은 탄생할 수 없었다. 무엇이 어떤 효과를 가지고 올지는 시간만이 말해 줄 것이다.

지속가능한 몸 만들기

＊정희원

근감소증 연구를 위해 한국인의 근육량 자료를 분석하던 나는 당혹스러운 결과를 마주했다. 근육량은 나이가 많을수록 적은 것이 일반적이다. 그런데 한국 여성은 40~50대에 이르러 근육량이 약간씩 늘어나는 경향을 보였다. 10년 전 구할 수 있는 자료는 특정 시점에서의 연령별 근육량 분포뿐이었기에, 이것만으로 한국 여성은 다른 나라 사람과 달리 성인기 동안 근육량이 늘어난다는 결론을 내릴 수는 없었다. 그러나 나는 이 기이한 수치가 나온 이유를 1960~1970년대에 청년기를 보낸 노년 세대와 달리 21세기를 살아가는 청년층, 특히 젊은 여성들이 마르고자 하는 강렬한 열망에 휩싸여 있기 때문이라고 짐작해 보았다.

그때의 심증을 지지하는 사회적 현상은 여전히 도처에 있다. 어느 날 길을 걷다 "뼈 빼고 다 빼 드립니다."라는 광고 문구를 본 일이 있다. 퍼스널 트레이닝 업체의 광고였다. 이런 괴기스럽고 말도 안 되는 목표가 사람들의 눈길을 끄는 문구로 쓰인다. 더 아연실색할 일은, 마른 몸매를 추구하는 사람중 종아리 근육을 위축시키는 종아리 퇴축술 같은 시술을 받는 사람이 적지 않다는 것이다. 정상적인 보행에 필요한 종아리 근육은 매끈한 '일자 다리'가 중요한 여성에게 부기를 가라앉히고 없애야 할 '종아리 알'로 인식된다. 이는 외모에 대한 그릇된 신념 체계에서 비롯된 일시적인 자기만족을 향후 50년 이상 지속될 근골격계의 불균형과 교환하는 극도로 비대칭적인 거래가 아닐 수 없다.

한국의 이상 현상을 발견하다

노년내과에서 하는 중요한 진료 중 하나는 우리 몸을 지탱하는 근육의 상태를 살피는 데 있다. 인간은 노화하면서 근력과 근육량이 줄며 여러 질병을 겪게 된다. 노년기의 근육 상태는 이후의 기대 수명뿐 아니라 혼자서 먹고, 씻고, 배설하는 능력을 좌우한다. 심각한 병에 걸려서가 아니라 약해진 근육 때문에 일상생활이 어려워 요양원이나 요양병원에 들어가 살게 된다. 근감소증으로 뼈가 부러지거나 미끄러져 넘어지면 가뜩이나 약한 몸을 재활하는 데 더 오랜 시간이 걸리므로 병이나 노화로 근육을 잃은 사람들의 회복을 돕는 것까지가 노년내과의 진찰 범위에 있다.

대부분의 사람은 본격적으로 노화가 시작되기 전까지 근력의 중요성을 실감하지 못한다. 아니, 건강 관리의 중요성은 알지만 이때 청년들이 떠올리는 건강한 몸의 이미지는 조금 다르다. 그 이미지에는 아름다움이 덧붙는다. 심리학에서는 개인이 자기 신체에 대해 갖는 정신적 견해를 '바디 이미지'라는 개념으로 연구한다.[1] 이러한 상은 자신의 신체와 기능을 판단하는 기준으로 쓰이며 운동을 더 할 것인가, 어떤 옷을 살

것인가, 얼굴을 얼마나 꾸밀 것인가 등과 같은 사회적 행동과 목표 설정에 영향을 준다.

각자가 떠올리는 자신의 몸 이미지와 건강'미' 넘치는 몸 이미지는 수시로 충돌한다. 짐작할 수 있듯 바디 이미지에는 우리가 속한 사회의 평균과 통념이 크게 반영된다. 기존 연구는 전 세계에서 유독 한국과 중국, 대만 여성이 정상 체중보다 몸무게가 덜 나가도 스스로 뚱뚱하다고 생각하는 경우가 많다고 짚는다.[2] 약간 과체중이어도 본인이 평균 체형이라 여기는 미국인들과 다른 반응이다.[3] 바디 이미지에 의한 잣대가 왜곡되면 저체중일 때도 끊임없이 체중 감량을 시도하는 질병인 거식증에 빠지기 쉽다. 체중 감량과 다이어트 걱정을 좀체 놓지 못하는 오늘날 젊은 한국 여성들은 슬프게도 집단적 거식증 스펙트럼에 빠져 있는 셈이다.

바디 프로필이 요구하는 '건강한' 몸

마른 몸에 대한 한국 사회의 집착은 좀 더 복잡한 형태로 진화하고 있다. 2020년대 들어 인스타그램을 중심으로 '바디 프로필' 사진 올리기가 유행하면서, 젊은 시절의 '건강하고 아

1   D'Alessandro, Bill Chitty, "Real or Relevant Beauty? Body Shape and Endorser Eects on Brand Attitude and Body Image," *Psychology & Marketing* 28(8)(2011), pp. 843~878.

2   Noh, Kwon & Jinseok Kim, "Relationship between body image and weight status in east Asian countries: comparison between South Korea and Taiwan," *BMC Public Health* 18(814)(2018), pp. 1~8.

3   Fitzgibbon, Blackman & M.E. Avellone, "The relationship between body image discrepancy and body mass index across ethnic groups," *Obesity Research* 8(8)(2000), pp. 582~589.

름다운' 몸매를 기록하기 위한 일련의 행동 양식이 퍼졌다. 이 한 장의 결과물을 향한 여정을 역으로 생각해 보자. 바디 프로필 사진의 핵심은 표층 근육의 윤곽이 명확히 보이는 것이다. 그러려면 피하지방층이 아주 얇아야 한다. 이 때문에 트레이너들은 수강생들에게 체지방률을 가능한 한 낮추는 운동을 권하며, 촬영 전날에는 물 한 잔도 마시지 않도록 주의시켜 몸의 수분을 최대한 빼낸다.

사람의 복부를 이루는 근육인 복직근, 숨 쉴 때 벌어지는 흉곽과 날개뼈를 연결하는 전거근처럼 얕은 층의 근육이 뚜렷하게 보이려면 남성은 10퍼센트, 여성은 15퍼센트 이하로 체지방률이 내려가야 한다. 대회에 나가는 보디빌더들이 시도하는 이런 수치는 평균적인 체성분으로 사는 일반인에게 당연히 무리가 가는 목표다. 근육 윤곽이 잘 보이는 것이 왜 보통 사람이 추구해야 할 건강미의 상징이 되었는지는 알 수 없지만 그 정도까지 관리할 필요가 없는 많은 사람들이 몸에 부담을 줘 가며 시나브로 이 일에 가담하고 있다.

평소 운동과 식단 조절을 하지 않고 달콤한 디저트를 즐기는 사무직 여성의 체지방률은 대개 30퍼센트를 상회한다.[4] 체지방률이 이 정도라면 체중이 적게 나가더라도 '마른 비만'으로 간주된다. 바디 프로필 유행에서 가장 우려되는 사례는 마른 몸매에 대한 강박 때문에 운동하기를 무서워하던 사람이 단기간에 체성분을 급격히 바꾸는 경우다. 이들은 팔다리

[4]   문화체육관광부 체육진흥과, 「2020년 국민체력측정통계」(2021). 2019년 조사 기준 한국인의 평균 체지방률과 체질량 지수는 30~34세 여성이 29.6퍼센트, 22.2제곱미터당 킬로그램, 같은 연령 남성은 22.4퍼센트, 25.3제곱미터당 킬로그램이다.

가 굵어질까 봐 운동은 하지 않으면서 먹는 양만 줄이는 식으로 체형을 유지하는데, 이 상태에서 피하지방을 줄이기 위한 강도 높은 운동을 하며 음식 섭취를 극단적으로 줄이는 '바프 프로그램'에 돌입하면 생리학적으로 우리 몸이 안전하게 경험하는 체성분 변화 속도를 현저히 넘어서게 된다.[5]

치명적인 강도, 치명적인 속도

그렇다면 체중을 줄이는 적절한 방법은 무엇일까? 골자는 에너지 섭취와 에너지 사용의 균형을 과도하게 바꾸지 않는 데 있다. 청량음료 같은 단순당이나 과자, 도넛 같은 정제 탄수화물을 피하고 탄수화물·단백질·지방 등 거대 영양소가 균형을 이루면 몸속 근육이 음식물에서 에너지를 더 많이 흡수한다. 이렇게 대사 항상성을 개선하면 1년에 10킬로그램 이상 지방을 뺄 수 있다. 물론 이처럼 느리게 체성분을 변화시키는 처방이 따분한 과정인 것은 사실이지만 이런 점진적인 방법이 말년의 건강을 지키는 유력한 길이라는 것이 전문가들의 의견이다.

바디 프로필 프로그램은 필수 영양과 수분마저 줄인 식이 요법으로 신체 균형을 순식간에 무너뜨린다. 단식에 가까운 식사는 호르몬 균형을 깨뜨리는데 그 상태가 지속되면 대사적으로 기아 상태, 더 심하게는 토포(동물이 외부 환경에 대응하기 위해 신진대사를 극단적으로 줄이는 상태)에 가까워진다. 이런

---

5   그 상한을 명시하기는 어려우나, 체중 변화 없이 지방을 근육으로 바꾼다고 할 때 한 달에 1킬로그램 정도가 자연스러운 식사와 무리하지 않는 운동을 하며 체성분 구성을 변화시킬 수 있는 통상적인 한계로 생각한다.

생리학적 교란은 폭식과 지방 증가라는 요요 현상으로 이어진다. 운동을 전혀 하지 않던 사람이 바디 프로필을 계기로 조금이라도 운동을 하게 된다면 그 나름의 이점이 있다고 생각할 수도 있다. 평소보다 단백질을 많이 먹으며 단기간에 근력 운동을 하면 근육량을 보존하거나 늘릴 수 있기는 하다. 그러나 급격한 체형 변화 프로그램 자체의 문제를 피할 수는 없다. 게다가 단백질이 너무 많이 포함된 식사는 세포와 조직의 생물학적 노화 속도를 빠르게 만드는 이른바 가속노화 현상을 초래하기도 한다.

오랜 기간 헬스를 하며 쌓은 자신감으로 운동 내공을 뽐내는 이들은 어떨까. '근손실'을 우려하며 근력 운동과 식단 관리에 열중하는 운동 애호가 중에는 유연성과 협응, 균형 등 다른 기능적 요소는 충분히 고려하지 않으면서 중량과 운동 횟수를 늘리는 방향으로 트레이닝을 하는 이들이 있다. 오로지 근육을 키우기 위해서다. 이런 몸은 겉보기에는 멋질지 몰라도 속으로는 불균형이 쌓이고 있는 것인데, 무리한 운동의 결과로 일상의 자세가 바뀌거나 근골격계의 통증이 생기기도 한다. 근육과 인대, 관절처럼 눈에 보이지 않는 요소의 변화도 있다. 예를 들면 대흉근과 소흉근이 상대적으로 더 발달하면서 날개뼈가 앞과 안으로 더 굽어서 목의 긴장과 불편이 심해지거나 엉덩이와 넓적다리를 지지하는 장요근과 대퇴사두근이 짧아지면서 상체의 불균형이 더 커지는 식이다. 후자의 경우 목과 허리의 통증으로 발전하기도 한다. 이런 유형의 근골격계 환자가 적지 않다 보니 근력 운동 자체를 색안경 끼고 보는 의사도 더러 있을 정도다.

균형 잡힌 운동의 중요성

사람의 몸은 매우 정교하고 복잡한 기계다. 보는 것이 설계된 대로 잘 유지되면 괜찮겠지만 근골격계 시스템 중 한두 요소라도 치우침이 생기면 기능에 문제가 생긴다. 진정 건강한 몸의 이미지는 바디 프로필 속 매끈한 몸이 아닌 골고루 균형 잡힌 몸에 가깝다. 의학적으로 균형이란 체성분의 균형이나 상체와 하체의 균형부터 생애주기와 질병 정도에 알맞은 에너지를 섭취하고 활용하는 균형, 관절을 굽히는 근육과 펴는 근육 간의 균형, 관절의 안정성과 가동 범위 등 무수히 많은 파라미터가 정상에서 크게 벗어나지 않도록 하는 것까지 다차원적이다. 이런 균형을 잡을 수 있다면 근골격계의 변형과 통증, 퇴행이 더 적은 범위에서 천천히 일어나 노년기의 일상이 훨씬 덜 고통스럽다.

신체 불균형이 누적된 현실은 녹록지 않다. 근감소증과 여러 근골격계 통증으로 어려움을 겪는 어르신들을 진료하다 보면 그 원인은 대부분 수십 년간 누적된 습관에서 찾게 된다. 젊을 때부터 다이어트를 반복하고 음식을 너무 적게 먹어 생긴 불균형도 있지만, '몸에 좋다고 배운' 걷기 운동을 불균형한 자세로 꾸준히 한 바람에 문제가 생기기도 한다. 가끔 운동을 매일 한다는 환자가 "운동을 열심히 하는데 왜 더 아파지나요?"라고 묻기도 하는데, 평소 운동 기하와 근육군 사이의 균형을 살펴보면 주로 통증의 원인이 된 불균형을 악화시키는 방향으로 운동 습관이 들어 있다.

균형 잡힌 근골격계 시스템의 중요성을 고려할 때 예의 극단 처방은 앞으로 수십 년간 조심히 사용해야 할 내 몸에 거대한 균열을 만드는 것이나 다름없다. 먹지도 움직이지도 않거나 과하게 챙겨 먹고 무리하게 움직이기보다 하루 5분이라도 맨몸 운동으로 땀을 흘리자. 대표적인 근력 운동인 데드 리프트나 턱걸이도 횟수를 늘리다 보면 심폐 한계를 느낄 수 있다는 점에서 유산소 운동과 근력 운동을 구분하는 일은 사실상 큰 의미가 없어 보인다. 스쿼트나 브리지 운동처럼 도구가 필요 없는 근육 운동을 습관화하는 것만으로 지속가능한 몸을 위한 준비는 충분하다.[6]

중용의 미로 돌아온다면

인스타그램을 통해 본인의 사회적 위치를 끊임없이 드러내고 이를 남과 비교하는 것이 일상화된 환경은 조급한 마음에 불을 지핀다. 미디어와 소비주의가 만들어 낸 건강미의 표상, 바디 프로필이 지향하는 외모는 위치재로서의 바디 이미지를 형성한다. 높은 사회적 위치에 대한 사람들의 집착은 그 사회의 불평등 정도와 관련이 있다.[7] 빠르게 벌어진 세대 간, 세대 내 자산 및 소득 격차가 20~30대의 잠재의식을 자극하며 이들을 바디 프로필 시장의 큰손으로 키우고 있다. 바디 프로필 관련 사업은 거대한 비즈니스가 되었고, 그 사업이 미디어에 더 많이 노출될수록 바디 프로필 촬영은 '안 하면 뒤처지

---

6 정희원, 『지속가능한 나이듦』(두리반, 2021) 1부에 균형 잡힌 몸을 만들기 위한 다른 실천적 방법이 수록되어 있다.

7 Lukasz Walasek & Gordon DA Brown, "Income Inequality and Status Seeking: Searching for Positional Goods in Unequal US States," *Psychological Science* 26(4)(2015), pp. 527~533, Wilkinson, Richard G. & Kate E. Pickett, "The enemy between Us: The Psychological and Social Costs of Inequality," *European Journal of Social Psychology* 47(1)(2017), pp. 11~24.

는' 활동으로 자리 잡게 된다.

　　그러나 내가 사람의 나이듦을 공부하고 수많은 사람의 삶을 간접 체험하며 거듭 느끼는 것은 젊을 때 만든 과잉이 항상 반대급부의 고통을 낳는다는 사실이다. 남들 보기에 화려한 청년기를 보낸 사람도 그간 누적된 불균형 탓에 불행한 노년기를 맞이하는 경우가 많다. 사람들의 노화 궤적을 관찰한 장기 연구들에서 건강하고 행복하게 나이 드는 사람은 젊어서부터 어느 한쪽에 치우치지 않는 몸과 마음의 상태를 만들고 지킨 이들이었다. 지속가능한 운동 습관을 일찍이 만들고 80~90대까지 실천한 사람들이 생애 전체에서 건강 상태를 가장 오래 유지했다. 고강도 반복 훈련으로 몸을 많이 쓴 운동선수라도 균형 잡힌 운동 루틴을 형성하면 일반적인 성인 평균보다 나은 신체 능력과 인지 능력을 평생 유지할 수 있었다.[8] 20대와 30대는 한 살 한 살 나이를 먹으며 거시적 건강 경로를 다지는 시기다. 겉보기에 멋진 모습을 급히 쫓기에 앞서 내 몸의 균형을 먼저 살펴야 한다.

8　Tanaka, Tarumi & Jörn Rittweger, "Aging and Physiological Lessons from Master Athletes," *Comprehensive Physiology* 10(1)(2020), pp. 261~296.

섹스 중계자들의 우화

＊허성원

　　중독이 무엇인지 알기 위해 굳이 사전을 뒤적거릴 필요는 없다. 우리는 이 단어가 나의 의사와 무관하게 어떤 행동이나 생각을 반복하는 일을 멈출 수 없는 현상을 가리킨다는 것을 이미 알고 있다. 중독에 머무는 것이 건강이나 안녕과 같이 누구나 도달하고 싶어 하는 상태에 가닿는 것을 끊임없이, 끈질기게 방해할지라도 중독자는 중독에서 탈출하기를 어려워한다.

　　약물중독, 알코올중독, 도박중독, 게임중독, 쇼핑중독 등 사람들은 서로 다른 중독 상황을 떠올릴 수 있다. 중독 상황이라는 말을 들으면 나는 충동의 끔적임과 반복의 안온함 따위를 떠올린다. 그리고 이런 이미지의 중심에는 섹스중독이 자리 잡고 있다. 여러 가지 형태의 섹스중독 중에서도 21세기 한국 사회의 성 소수자, 그중에서도 남성 동성애자 사이에서 발전된 성적 하위문화를 관찰하면서 나는 중독이 무엇인지 조금 더 잘 알게 되었다고 느낀다.

소셜 미디어를 배회하는 섹스 중계자들

소셜 미디어에는 '섹스 중계' 행위자, 즉 자신의 성행위를 사진이나 영상으로 찍어서 자신의 계정에 올리는 이들이 존재한다. 그들은 협박이나 대가를 받지 않고 자신의 성적 이미지를 올린다. 아마추어 포르노 제작자와 소비자를 위한 별도의 플랫폼이 있지만 좀 더 접근하기 쉬운 트위터나 인스타그램 같은 소셜 미디어 플랫폼을 무대로 삼기도 한다. 특히 섹스 중계 중독은 트위터에서 가장 쉽게 찾아볼 수 있는데, 여러 플랫폼 중에서도 트위터가 불특정 다수에게 자기 자신을 보여주기에 손쉬운 기술적 환경을 제공하기 때문이다. 심지어 성적 교류가 거리낌 없이 일어난다는 남성 동성애자 하위문화의 맥락은 안전장치를 제공하는 것처럼 보인다. 안전장치는 대다수에게 생소한 이 문화를 처음으로 탐사하게 된 이들만이 아니라, 그 문화 속에서 오랫동안 살아온 중계 행위자들에게도 제공된다. 성적 환상과 그것을 실현하기 위한 몸짓 사이의 거리가 더 좁아진다. 현실의 온갖 관계를 벗어던질 수 있다는 환상이 더 완고해진다. 섹스, 쾌락, 인정에만 몰두할 수 있는 환경에 대한 상상이 더 촘촘하게 그려진다.

이들은 왜 이런 행위에 중독되었을까? 내가 알고 있는 섹스 중계 행위자들의 공통점은 두 가지뿐이다. 그들은 게이 하위문화라는 맥락 속에서 중계 행위를 반복하며, 중계하는 내용물이 자신의 섹스라는 것이다. 통념상으로도, 통계적으로도 남성 동성애자들은 대조군에 비해 섹스를 유의하게 많이 하는 것으로 나타난다. 왜 남성 동성애자는 더 다양한 상대와 더 자주 섹스하는 것일까? 현대 사회에서 섹스는 즐거운 행위, 육체적 쾌락이나 심리적 안정을 주는 행위로 여겨진다. 섹스가 만족스러워서 섹스에 빠져들고 자신의 만족스러움을 전시하고 싶었던 것일까?

몇 해 전 《허프포스트》한국판에 마이클 홉스의 탐사 기사 「함께 있어도 외롭다: 게이들의 새 전염병, 외로움」이 번역되어 실렸다.[1] 한국의 게이 남성들 사이에서도 공감된다는 반응을 두루 이끌어 낸 이 기사는 미국에서 동성결혼이 합법화된 이후에도 동성애자 남성들이 자살, 우울증, 마약 및 알코올 남용, 무엇보다 그 모든 게 결합된 위험한 섹스를 멈추지 못하고 여전히 고통받고 있다고 보도한다. 이 기사는 특수한 형태의 욕망이 게이 커뮤니티를 조직하는 원리로 기능한다는 점에서 고통의 원인을 찾는다. 이들은 욕망되기를 욕망한다. 그러나 인터뷰와 연구를 통해 홉스가 추적하는 이들의 욕망의 순환은 아이러니한 결과를 낳는다. 게이 남성들이 대조군인 이성애자 남성들보다 훨씬 더 외로워하지만 정작 게이 커뮤니티에는 그 외로움을 다독이기는커녕 외로움을 증폭시키는 의사소통 방식이 만연하다. "많은 남성들은 자신이 원하는 것(완벽한 몸을 갖는 것, 동료들보다 더 많은 일을 하고 더 잘하는 것, 주중에 이상적인 그라인더(데이팅 앱) 상대를 만나는 것)이 거부에 대한 자신의 두려움을 강화한다는 걸 몇 년 동안이나 모르고 지냈다." 사람들은 다른 사람들과의 관계 속에서 자신의 욕망이 자기 자신을 배신할 수 있다는 사실을 때때로 너무 쉽게 무시한다.

많은 사람들이 사실 섹스를 좋아하지 않는다는 것은 섹스

---

1   마이클 홉스, 「함께 있어도 외롭다: 게이들의 새 전염병, 외로움」, 《허프포스트》 2017년 3월 17일 자.

에 관한 의외의 진실인 셈이다.[2] 만족스럽지도 않은 섹스를 중계하는 이유는 무엇일까? 중계라는 행위가 밋밋한 섹스 경험에 활력을 불어넣는 것일까? 성적인 맥락과 보수가 없다는 사실을 떼 놓으면 섹스 중계 중독자들은 심지어 성실한 플랫폼 노동자처럼 보인다. 자신을 촬영하기 위해 도구를 구매하거나 인력을 섭외하고 적절한 방식으로 촬영을 하고 여러 가지 요소를 고려해 편집된 이미지를 올리고, 이런 이미지가 빠른 속도로 널리 퍼질 수 있도록 구독자를 관리한다. 누구인지 모르는 사람들에게 자신의 성적 이미지를 보여 주고, 누군가 자기 이미지에 마음 버튼을 눌러 관심을 표하거나 리트윗 버튼을 눌러 자기 이미지를 그들의 타임라인으로 가져가는 것을 보는 일련의 행위는 어떤 면에서 중독적인 것일까? 물질적 대가가 돌아오지 않는데도 어떻게 그렇게 성실할 수 있을까? 트위터에서 이런 성적 하위문화의 장을 꾸준히 관찰하고 섹스 중계 계정을 운영하는 이들을 만나 대화를 나눠 본 결과를 종합하자면, 섹스 중계 행위의 마디마디마다 그런 계정을 운영하지 않는 사람이 도저히 상상할 수 없는 고밀도의 쾌락이 감지 가능한 형태로 존재하지는 않았다. 오히려 '자기도 모르게 어느새' 해 버렸다는 답변이 돌아왔다. 섹스 중계 중독자들은 시야가 명멸하는 밀도 높은 흥분에 휩싸여 행위를 반복하는 것이 아니다. 오히려 중독된 행위를 할 때 기분이 차분하게

---

2 이 '비밀'은 1987년 《악토버(October)》에 처음 발표되었던 리오 버사니의 에세이 「직장은 무덤인가?」의 첫 문장에서 인용한 것이다. 원문은 다음과 같다. "섹스에 관한 거대한 비밀이 하나 있다. 대부분의 사람이 섹스를 좋아하지 않는다는 것이다." Leo Bersani, *Is the Rectum a Grave? and Other Essays*(University of Chicago Press, 2010), p. 3.

가라앉고, 카메라의 프레임 안에서 자신이 움직이는 모습을 예측할 수도 있다.

자신의 섹스를 무심하면서도 열정적으로 중계하는 이들. 그들은 자신이 욕망의 대상이 되면 그 모든 귀찮은 행위의 보상을 얻을 수 있다고 생각하는 것처럼 보였다. 하지만 욕망의 대상이 되고 싶다는 욕망이 어떻게 충족될 수 있는지는 근본적으로 불투명하다. 자신이 욕망하는 대상에게 자신의 빼어남을 인정받으면 될까? 그러나 섹스 중계 행위는 대개 익명화되어 있으며 특정 대상에게 인정을 받기도, 그런 인정이 있었음을 알기도 어렵다. 섹스 상대를 더 쉽게 만나고 싶은 걸까? 섹스 상대를 만나는 것만이 목적이라면 이보다 쉬운 방법은 얼마든지 있다. 더 많은 사람이 반응하면 되는 걸까? 섹스 중계 행위는 음지화된 문화이므로 그 확장 가능성의 한계가 뚜렷하다. 그저 보이는 것만으로 충분한가? 그렇기에 섹스 중계자들은 중계되는 콘텐츠가 자기 자신의 성적인 이미지라는 점에 나름의 애착을 보였다.

내가 접할 수 있었던 중계자 가운데 자신의 행위를 굳이 설명하려는 사람은 없었다. 설명해 달라고 요청하면 '나도 모르겠다'라고 답하거나 내가 세운 몇 가지 가설 중 하나를 택했다. 나는 그들이 자기 자신에게도 거짓말을 하는 것이 아닌지 의심스러워졌다. 나는 그들에게 자신의 활동으로 인해 즐거움이나 만족을 느끼고 있는지 질문했다. 앞서 언급했던 것처럼 별생각 없이 관성적으로 하고 있다는 말이 돌아왔다. 흥미로운 대답 중 하나는 '그렇게 하지 않으면 안 될 것 같아서' 계속 섹스 중계 행위에 참여한다는 말이었다. 이 답변 하나에서만큼은, 행복해지기 위해서가 아니라 불행해지지 않기 위해 온갖 노력이 투여된다는 측면이 분명히 드러난다. 그들이 쏟는 시간, 돈, 감정 따위는 무엇을 뒤돌아 두는지, 어떻게 삭풍하는지 누구도 알 수 없는 욕망의 순환로에 바쳐진다.

섹스 중계자들의 디지털 우화

'그렇게 하지 않으면 안 될 것 같아서'라는 말을 다시 들여다보자면, 이런 말과 행동을 의식적 선택이라고 부르기는 어려워 보인다. 이들은 오히려 끈질기고 끈적이는 충동에 자기 자신을 내주었고, 성적 환상의 장면으로 자기를 돌려보내는 강력한 심리적 관성을 거스르지 않을 때 얻을 수 있는 안온함을 탐닉했다. 프로이트는 털실 뭉치를 던지고 끌어당기고 다시 던지기를 반복하는 어린아이의 놀이를 분석한다. 그에 따르면 이런 놀이는 양육자가 떠나서 불안해진 아이가 양육자가 돌아올 것이라고 스스로 되새기기 위한 반복 강박으로 볼 수 있다.[3] 이 분석 이후 특정 행동의 반복이 불안한 일상을 관리하는 기술과 연관되어 있다는 생각은 정신분석의 영역에서는 상식이 되었다.

섹스 중계 행위자들은 외로움 때문에 외로움을 가라앉힐 수 없는 중계 행위를 반복하는 걸까? 나의 소중한 사람이 언제든 나를 떠날 수 있다는 어린아이의 불안은 내가 나 자신을 기르는 과정에서 실망하지 않기 위해 나에게 소중한 사람을 두지 않으려는 고집으로 전위되어 버린 걸까? 섹스는 사실 외로움을 증폭한다는 사실, 안 할 수 없어서 섹스를 반복적으

---

3 프로이트, 박찬부 옮김, 「쾌락 원칙을 넘어서」, 『정신분석학의 근본 개념』(열린책들, 2020).

로 중계한다는 고백, 반복은 불안을 관리하는 기술이라는 분석까지, 앞서 소개한 세 가지 설명을 짜 맞춰 하나의 이야기를 이 질문에 대한 답으로 내놓을 수 있을 것 같다.

소중한 사람과 맺는 관계는 영원히 완수할 수 없는 이상이기에 불가능한 꿈으로 치워 둔다. 나는 가장 값싸고 즉물적인 쾌락을 얻을 수 있다고 가정된 행위, 곧 섹스로 관계라는 거창한 대상을 대신하기로 한다. 거창한 꿈은 포기했기에 나의 꿈은 언제나 이미 소박할 뿐이다. 내가 하는 일은 나에게 너무 하찮게 보이기 때문에 내가 아닌 다른 사람에게 인정을 바라고 이를 알리고자 한다. 이제 너무 긴 시간이 흘렀고 나는 거창한 꿈을 어린 시절의 유치한 꿈일 뿐이라고 자위한다. 유치한 것은 부끄럽다. 부끄러운 것은 어딘가에 숨겨 두어야 한다. 숨어 있던 어린 날의 꿈은 나의 바닥을 드러낼, 대면하고 싶지 않은 두려운 진실로 탈바꿈한다. 그리고 그것은 걷잡을 수 없는 방식으로 흘러넘쳐 내가 지키려던 삶을 망친다. 나는 소박한 꿈마저 이루지 못한 채 욕망의 잔해 위에 무표정하게 서 있다.

이 이야기는 물론 우화에 불과하다. 바람과 욕망, 꿈과 이상, 수치심과 두려움, 상상과 현실 사이를 오가는 부단하고 지난한 교섭을 통해 원래의 모습을 도저히 알 수 없게 되어 버린 우화. 혼란으로 끝맺는 우화.

중독에서 중독으로

중독 없는 세계가 있을까? 나를 유지하는 일을 계속하기 위해 우리는 종종 반복의 안락함에 기댄다. 그렇다면 섹스 중계 중독자의 우화를 언뜻 보기에는 중독적이지 않은 우리의 일상 위에 겹쳐 볼 수도 있을 것이다. 이 세상에서 자기 자신을 유지하는 한 삶은 하나의 숭녹에서 다른 숭녹으로 계속 이행해 가는 과정이고, 중독이란 그저 삶의 또 다른 양상을 나타내는 이름일 뿐이다. 중독의 이러한 개념적 확장이 중독과 일상을 무분별하게 뒤섞어 버린다고 우려하는 이들도 있을 것이다. 중독자의 우화를 일상의 서사로 취급하면 중독의 바깥이 있다고 말하기 어렵다.

하지만 중독의 우화와 일상을 유지하는 서사 사이의 공통점을 강조하는 것은 삶을 다른 방향에서 생각해 볼 만한 기회를 제공한다. 이 기회의 가치를 폄하해서는 안 된다. 무엇보다도 중독에 대한 우화는 하나의 중독에 묶인 삶뿐만 아니라 중독들 사이의 전환을 설명할 수 있는 양식이기도 하다. 중독이 없는 세계를 그릴 수 없을지라도, 지금 여기의 중독 너머를 상상할 수는 있다.

무엇이 지금까지와는 다른 삶으로의 이행을 가능하게 할까? 자신의 섹스를 중계하는 행위를 반복하던 한 피면접자는 어느 날 그 일을 그만두었다. 극적인 계기가 있던 것은 아니었다. 자기 자신을 활용했다고 하더라도 그는 법적으로 허용되지 않는 수준의 노출과 행위가 담긴 시청각 이미지를 공유했고 그런 일은 트위터의 운영 원칙을 어기는 것이었기에 계정 정지 조치는 충분히 일어날 수 있는 일이었다. 그는 처음부터 다시 시작하기가 그저 귀찮아서 그만두기로 했다고 말했다. 그리고 자신의 반복 행위에 이제는 큰 기쁨을 느끼지 못하지만, 한때 즐거움을 주었던 일을 더는 즐겁지 않은 일이라고 인정하기 싫었고 자기 자신에게 소중한 것을 지키려는 의무감에 예전부터 했던 행동을 반복했다는 소회를 밝혔다. 그의 고백에는 한때 자신이 중독되었던 행위에서 빠져나오게 된 계기가 계정 정지라는 우연한 사태에 대한 대응이나 과거 행동에 대한 갑작스러운 반성과 깨달음 따위로 축약될 수 없음이 드러나 있다.

반복이 주는 안온함은 그 지루함과 분리될 수 없고, 충동에 모든 것을 맡겼다는 해방감은 충동에 얽매인다는 구속감과 항상 맞붙어 있다. 이 이면적 감각들이 우리가 자기 자신을 비판적으로 사유하기 이전에 이미 자기비판에 임할 수 있는 '나'를 구성한다. 이런 면에서 자기 자신의 일부였던 중독을 밀어낼 수 있게 하는 계기는 그런 새로운 감각을 솔직하게 대면하고 인정할 수 있는 용기, 혹은 이때까지와는 다른 삶이 펼쳐질 수 있다는 희망 따위와 연루되어 있다.

지금 여기의 중독 너머의 삶에 대한 희망은 때때로 절박한 형태로 구체화된다. 내가 만난 피면접자에게 이전의 행동을 벗어나게 된 구체적인 계기 중 하나는 만성질환에 걸렸다는 사실이었다. 하지만 변화의 계기가 그것 하나만은 아니었다. 그의 만성질환은 자기 자신을 돌보는 일을 경험하게 했고, 불특정 다수가 아니라 특정한 사람들에 대한 의존성을 강화했다. 그는 이제 자기를 돌보는 일에 몰두하고 그 과정에서 자기를 돌봐 줄 수 있는 사람들에게 자원을 집중시키기 시작한 참이다.

나는 중독 상황의 변화가 반드시 우리 삶을 나아지게 한다고 생각하지 않는다. 실제로 이 사람은 자유로워졌다고 하기보다는 거부할 수 없는 충동에 또다시 사로잡힌 것 같다는 심정을 고백했다. 그는 의사나 상담사의 인정과 특정 타인의 배타적 애정에 집착하게 되었다. 나는 이번에야말로 인정과 애정을 얻으면 앞으로 중독이나 집착에서 해방될 것이라는 거짓말은 할 수 없었다. 그 대신, 그래도 변할 수 있다는 사실을 잊지 말고 기억하는 게 중요한 것 같다는 말을 건넸다. 어느새 내 앞에 도달한 계기들, 우연히 앞에 놓인 것처럼 보이지만 사실은 나의 과거와 연관된 조건을 조합해 아직은 없던 형태로 짜 맞출 힘을 기르는 일은 내가 그런 방식을 통과해 온 직조물임을 잊지 않는 데서 시작할 수 있기 때문이다. 그러므로 새로움을 감각하는 힘의 차원에서 우리의 삶을 다시 보는 것은, 삶을 중독의 연속일 뿐 아니라 이행의 연속으로도 볼 수 있게 만든다.

플랫폼들의 갈라지는 시공간

＊ 김민호

근래 플랫폼이라는 기호의 쇄도는 감당할 수 없을 정도다. 한때 '언어'나 '구조'라는 용어가 모든 영역에서 마치 만능열쇠인 양 유통됐던 것처럼 플랫폼이라는 용어 역시 그런 상황에 처해 있다. 민원 플랫폼, 쇼핑 플랫폼, 배달 플랫폼, 소셜 미디어 플랫폼부터 플랫폼 사업, 플랫폼 노동, 플랫폼 경제, 플랫폼 자본주의에 이르기까지 거의 모든 것이 플랫폼이라는 개념을 거쳐 재발명되고 있다. 그러나 이는 플랫폼이라는 개념의 유용성을 즉각적으로 증명하지 않는다. 그렇기는커녕 사정은 정반대로, 이런 범람은 바로 해당 용어가 무가치한 것이 되었음을 증언한다. 플랫폼이라는 말로 우리는 과연 무엇을 말하고 싶은 걸까? 그것은 모호해서 오히려 확장력이 있는 것일까? 요컨대 그것은 아무 내용이 없기 때문에 오히려 아무것이나 될 수 있는 것일까?

그 개념적 불명료와는 무관하게 우리는 시시각각이 플랫폼에서 저 플랫폼으로 옮아가고 또 옮긴다. 이 플랫폼에서의 우리와 저 플랫폼에서의 우리는 다르게 연출된다. 이것이 은

밀히 가르쳐 주는 바는 플랫폼이라는 주제를 즉시 증식시켜 플랫폼'들'이라는 복수성의 쪽으로 사고해야 한다는 사실이다. 플랫폼이라는 관념이 그토록 광범하게 활용되면서도 신기루처럼 지워지고 사라지고 물러나는 것은 우리가 그것을 처음부터 다수성에서 출발해서 사유하지 않기 때문이다. 플랫폼이란 무엇인지 묻기보다는 플랫폼들 사이에서 무슨 일이 벌어지고 있는지 물어야 한다. 모든 것에 앞서 진지하게 사고해야 할 것은 플랫폼들의 복수성이고 그것들 사이의 시차다.

플랫폼들의 크로노그라프(chronographe): 찢어지는 시간들

나는 어느 날 술집에 앉아 피부 위에 군청색 도장 자국이 선연한 돼지 한 조각을 젓가락으로 뒤지고 있었다. 이 부위는 슬펐던 적이 있는가 없는가, 이런 따위 생각을 하자니, 나에게는 '나'라고 불러 줄 부위가 하나도 없었다. 인간은 시시각각 절멸하는 존재였던 것이다.[1]

우리의 자아는 플랫폼들 사이에서, 어떤 플랫폼들에 주요하게 스스로를 귀속시키느냐에 따라 다르게 규정된다. 나의 태세는 세가의 새턴 플랫폼, 닌텐도의 스위치 플랫폼, 마이크로소프트의 엑스박스 플랫폼 중 어느 것의 앞에 앉아 있느냐에 따라 완전히 달라진다. 이렇게 본다면 공동체·다발로서

---

1   조연호, 『행복한 난청』(난다, 2022).

의 자아나 스키조프레니아[2] 같은 관념은 현학적인 객설이 아니라 적실한 체험이다. 스키조프레니아 개념이 무겁다면 이를 멀티태스킹이라는 간단한 개념으로 치환해 볼 수 있을 것이다. 다만 이제 멀티태스킹의 유희는 단순히 이 주제·기호·대상·사이트에서 저 주제·기호·대상·사이트로의, 혹은 이 프로그램에서 저 프로그램으로의 미끄러짐으로 소묘되지 않는다. 그런 미끄러짐에는 순일하고 주권적인 사용자(user)라는 관념이 아직 잔존하는 데 비해 플랫폼들 사이의 미끄러짐에서 변경되는 것은 사용자 자신의 리듬으로, 종국에는 그런 식의 사용자 관념 자체가 와해되기 때문이다. 자아는 이 플랫폼과 저 플랫폼 사이에서 매번 새롭게 발명되며, 플랫폼 고유의 리듬에 따라 스스로의 리듬을 변경해야 한다. '나'가 이미 복수적인('multi') 사무('task')다.

쇼츠나 릴스의 가쁜 호흡에 익숙해진 사람은 롱테이크가 많은 영화를 느긋하게 감상하는 데 곤란함을 겪고, 세 줄 요약에 익숙해진 사람은 장문을 읽어 내지 못한다. 이런 정황은 흔히 지구력의 결핍이나 긴 호흡을 견뎌 내지 못하는 개개인의 초조함으로 진단되곤 하지만, 길고 짧음에 입각한 이런 진단은 사태의 복잡성, 더 정확히는 복수성을 개인의 역량 부족으로 치환한다. 관건은 단순한 장단이 아니라 상이한 호흡들의 공존이다. 무언가가 그저 길기 때문에만 힘든 것이 아니다. 일본 만화에 젖은 사람이 DC코믹스에 진입하는 데 어려움을 겪고 그 역도 마찬가지라면, 프랑스 철학에 익숙한 독자가 독

---

2 현대인을 스키조 키즈(분열증적 인간)로 규정하려는 들뢰즈적 시도의 사례로는 아사다 아키라, 문아영 옮김, 『도주론』(민음사, 1999)을 보라.

일이나 영미 철학 텍스트에 진입하는 데 어려움을 겪고 그 역 노 바찬가시라면, 이는 그깃들이 서로 건허 다른 리듬으로 전 개되기 때문이다.

어느 한 플랫폼의 특정한 콘텐츠가 아니라 잠재적으로 언 제나 쇄도하는 플랫폼'들'이 우리를 독촉하며, 우리의 시간은 그것들 사이에서 분열되고 있다. 리듬들 사이를 항해하기 위 해서는 언제든 스스로의 시간성을 바꿀 채비를 하고 있어야 한다. 실로 피곤한 것은 긴 호흡 자체라기보다는 이 채비에 기 울이는 상시적 노력이다. 역으로 이제 필수적인 문해력('디지 털 리터러시')이란 긴 텍스트를 읽어 내는 능력 같은 것이 아니 라 파편적이거나 체계적인 이 다종의 리듬과 호흡들에, 서로 다른 '시간들'에 적절하게 자신을 동기화시킬 수 있는 능력일 것이다.

플랫폼들의 파노로그라프:[3]
평면화된 공간들

'책의 종말'이후에, 투명하고 직접적인 음성 언어가 강림하는 것이 아닙니다. 오히려 텍스트의 다른 구조들이, 텔레-에크리 튀르의 다른 구조들이 도입되는 것이죠. …… 저는 이미지, 텔 레비전, 텔레커뮤니케이션, 컴퓨터 등 새로운 기록 기술들의 전개에 저항해서는 '안 된다'고 믿습니다. …… 저기에 …… 기 록 저장 장치가 있다고 말하면서, 공간에 아무런 변화를 주지 않고 아무렇지도 않게 예전처럼 말하기를 계속해서는 안 됩니

---

3   panorographe. 풍광을 하나의 평면에 투사하는 장치.

다. …… 법칙들을 바꿔야 합니다."[4]

플랫폼들은 명멸한다. 원전의 종교적·문화사적 가치가
증명하듯 책의 발명이 이미 거대한 플랫폼의 발명이었다. 추
악한 이전투구도 그 위에서 벌어졌고, 거기에 상응하는 기념
비적인 아름다움도 그 위에서 축조됐다.

그리고 데리다는 『그라마톨로지』에서 '책의 종말'을 선
언하면서, 우리가 정말이지 쓰기 시작했기 때문에, 다른 식으
로 쓰기 시작했기 때문에, 이제까지와는 다른 식으로 다시 읽
어야 한다고 쓴다. '총괄적 체계를 지향하는 단위'로서의 책은
제 영토를 상실했다. 그리고 책이 관할하는 영토가 없다면 일
관된 체계의 창조주로서의 저자가 앉을 왕좌 역시 없다. 끊임
없이 외부를 조회하는 하이퍼텍스트(hypertext)와 더불어 잠
재적 가능성에 불과했던 비선형적 글쓰기(écriture)가, 따라
서 비선형적 읽기가 일상적으로 실현됐다. 총괄적 체계 속으
로 회집되지 않는 파편들이 한꺼번에 제공되는 그물망 속에
서 우리는 더 이상 선형적으로 쓰지 않고 선형적으로 읽지 않
는다. 우리는 더 이상 텍스트에 체계적 일관성을 기대하지 않
는다. 분석은 단편적 감상들로 대체되고 종합은 감상들의 병
렬로 갈음되며 단문은 단순한 미감이나 취향을 넘어서 시대
의 미덕이 된다. 이것은 우리 개개인의 무능력이 아니라 세계
라는 관념 자체의 갱신과 결부되어 있다. 세계는 조물주라는
저자가 쓴 체계적이고 일관된 책이 아니라 본질적으로 산만

---

4   Jacques Derrida, *Penser* à *ne pas voir* (Éd. de la Différence, 2013), p.
311.

한 글의 파편들로 표상된다.

'충치를 든 평평한 단'을 뜻하는 플랫폼은 총괄의 불가능성에도 불구하고 어쨌거나 써야 한다는 에크리튀르의 윤리를 삶의 공간에 도입한다. 플랫폼+플랫폼+플랫폼+……으로, 즉 균질하지 않은 공간'들'로 분절된 세계 속에서도 어쨌든 우리는 계속해서 살아가야 한다. 플랫폼들은 이런 식으로 공간감 자체를 재편하는데, 특히 저마다 엄청난 속도를 통해 원근감을 삭제하면서 그렇게 한다.

원근의 삭제는 플랫폼의 이상이다. 원근이란 순정하고 객관적인 3차원 공간으로 환원되지 않는 관점적 체험의 심도로, 나와의 상호 작용 가능성의 질서를 표상한다. 나는 멀리 있는 막대한 태양을 내 눈앞의 조그만 나무보다 더 큰 것으로 체험할 수 없다. 이것은 내가 2미터 앞의 나무와는 금방 충돌할 수 있지만, 1495억 9787만 700미터 떨어져 있는 태양과는 쉽게 그럴 수 없다는 것을 뜻한다. 각종 플랫폼들은 태양을 손바닥 위에 가져다주는 걸 목표로 삼는다. '마켓컬리' 광고가 주장하는 것처럼 우리집의 식탁이 곧 이탈리안 레스토랑이고 초밥집이며 프렌치 다이닝이다. 그런가 하면 '버블'이 제공하는 것은 직접적인 친근함의 가상이다. 아이돌은 더 이상 범접할 수 없는 아우라를 지닌 우상(idol)이 아니다. 이것은 '로켓배송'의 우주론이다. 지금 당장 모든 것이 나에게 도착하는 우주. 우리는 명멸하는 플랫폼들의 성좌 ― 별들을 그 원근을 잊어버리고 하나의 평면에 투사함으로써 확보되는 ― 속에서 살아가는 것이다.

이는 결국 하이데거가 말하는 '거리 제거(Ent-fernung)'의 전면화에 다름없고, 그래서 거리의 복권을 꿈꿔야 할까?

그렇지 않다. 이미 말한 것처럼 사유해야 하는 것은 플랫폼들의 다수성이기 때문이다. 원근의 삭제는 관점의 삭제로, 오히려 공간들을 평등하게 만드는 만큼 무차별하게 만든다. 원근감을 잃은 평면적 공간들은 아무렇게나 기운 패치워크로 전화한다. 플랫폼들은 상대적으로만 안정화된, 완전히 닫혀 있지도 완전히 열려 있지도 않은 그만큼의 세계들로 어느 하나가 다른 것에 대해 우월함을 주장할 수 없다. 따라서 상대화되어야 하는 것은 거리 제거라는 관념 자체다. 여러 시간'들'에 상응해서 사유해야 하는 것은 플랫폼들 사이의 이격을 통해서 체험되는 다른 공간성이다. 한편에는 코기타티오·사용자·자아를 두고 맞은편에는 코기타툼·대상·세계를 두는 고전적인 상관관계에 으레 수반되는 간극 내지 원근의 감각은 이 공간성을 사고하는 데 적절하지 않은 범주다.

따라서 "세계는 슬프지 않고, 세계는 크다."[5] 세계는 왜 슬프지 않고 큰가? 세계를 총괄하는 일관된 논리가 존재하지 않기 때문이다. 그래서 우리 각자의 슬픔은 서로 호환 불가능하고 무관한 것이 되고 결과적으로 세계는 슬프지 않은 것이 된다. "(너에게) 좋게 생각되는 것은 (우리에게) 나쁘며, 나쁘다는 생각은 그것과 반대되는 것에 정당하지 못하기 때문에, 분명하게 더욱 올바를수록 올바르게 그것은 더욱 나빠지고 있다."[6] 간단하게 세계라고만 말했지만, 실은 그릇된 표현이다. 하나로 일관되게 묶일 수 있는 전체로서의 세계가 존재하지 않는다는 것이야말로 세계가 크다는 말의 기본적 의미이기

5   정지돈, 『내가 싸우듯이』(문학과지성사, 2016), 150쪽.
6   조연호, 『농경시』(문예중앙, 2010).

때문이다. 세계가 존재한다기보다는 세계들이 존재하며, 그
것들 사이의 이격이 존재한다.

플랫폼들을 여행하는 히치하이커

어느 방향(sens)이지, 어느 방향인가요? 앨리스는 묻는다. 이
물음에는 답이 없다. 왜냐하면 의미(sens)의 고유성은 향방
(direction)이 없다는 데에, '제대로 된 방향(bon sens)'이 없
다는 데에 있기 때문이다.[7]

세계들 사이의 이격에 상응하는 주관의 형상은 여행자다.
여행자는 이상한 나라들의 앨리스다. 여행자는 이 세계에 속
해 있는 만큼 저 세계에도 속해 있고, 이 세계를 떠나는 만큼
저 세계에 대해서도 이방인이다. 여행자는 일방적 수입자도
아니고 일방적 수출자도 아니다. 그는 세계들을 중첩시키는
동시에 파편화시키며, 동일자와 타자나 전체와 부분 사이에
서가 아니라 이질성들 사이에서 가교를 놓는다.

이질성들은 일방적 비대칭의 관계인 동일자 – 타자나 전
체 – 부분과 달리 두 비대칭 사이의 대칭을 통해 만난다. 예
컨대 구한말 외교사의 우여곡절은 그것이 선비와 양이의 만
남인 동시에 서구 문명인과 황색 야만인의 만남이었다는 데
서 비롯된다.[8] 즉 그것은 동일자인 선비가 양이(洋夷)라는 타
자를 만나는 것이나 동일자인 서구 문명인이 황색 야만인이

---

7   Gilles Deleuze, *Logique du sens*(Éd. de Minuit, 1969), p. 95.

8   김용구, 『세계관 충돌과 한말 외교사, 1866~1882』(문학과지성사, 2004).

라는 타자를 만나는 것 중 어느 하나로 환원되지 않고 동시에 둘 모두다. 이 두 비대칭을 한꺼번에 헤아리지 않는다면 당대의 역사를 온당하게 이해할 수 없다. 만나는 것은 두 타자, 두 부분, 두 세계. 그리고 이제 이런 세계들의 교차가 따라잡을 수 없을 만큼 실시간으로 수행되고 있는 것이다.

구글, 페이스북, 트위터, 아마존 중 어느 것도 인터넷 전체가 아니고 그것들을 모두 합쳐도 인터넷 전체가 되지 않으며, 무엇보다도 원리적으로 그런 총괄적 전체는 불가능하다는 관점. 여행자는 이런 복수적 파편성을 자신의 존재론으로 채택하는 사람이다. 비평의 언어에서 하이퍼텍스트가 낡은 관념이 되어 버린 것은 그것이 유효하지 않기 때문이 아니라 새삼스레 언급할 필요도 없을 만큼 당연해졌기 때문이라는 것을 상기할 필요가 있는데, 그런 당연함 속에서 우리가 놓치고 있는 것은 비선형성 그리고 그에 수반되는 파편성의 가치이기 때문이다.

잃어버린 안온한 전체를 희구하는 노스탤지어는 저것들을 손쉽게 힐난하지만, 있을 수 있는 오해와는 달리 이런 존재론이 실은 그 어느 때보다도 소중하다. 왜냐하면 다른 서비스들과 연동되는 플러그인 체계를 구축한 챗지피티와 외부로 향하는 아웃바운드 링크의 노출 빈도를 줄이는 알고리즘을 채택하고 있는 페이스북이 각자의 방식으로 보여 주듯 플랫폼 각각의 근원적 욕망은 유일하고 독점적인 전체, 즉 단 하나의 세계가 되려는 데 있기 때문이다. 세계에 맞서 세계들을 고집해야 한다.

인스타스토리로 연대하기

2022년 9월 16일 이후 트위터, 인스타그램, 유튜브에 페르시아어 여성 이름인 '마흐사 아미니'라는 해시태그가 등장했다. 스물두 살의 쿠르드계 이란 여성의 죽음을 알리고 추모하는 글과 이미지가 온라인 공간을 가득 채우기 시작했다. 해시태그는 무서운 속도로 퍼져 나갔다.

사적인 공간에서 만나는 나의 이란 지인 대부분은 이란 사회와 히잡 의무 정책에 대해 누구보다 비판적이었다. 하지만 그들의 소셜미디어에는 어떤 정치적 견해나 사회적 비판도 올라오지 않았다. 이란에 거주하는 사람들뿐 아니라 한국이나 미국에 거주 중인 이란인들도 마찬가지였다. 누구보다 개혁을 열망하는 이들은 자신의 소소한 일상만을 게시물도 아닌, 24시간이면 사라질 인스타그램 '스토리'에 공유했다.

그런데 자신의 목소리를 드러내지 않던 이란 지인들의 소셜미디어에서도 심상치 않은 변화의 움직임이 보였다. 2022년 9월, 지인들의 인스타그램과 트위터에서 절박함과 긴장감이 느껴졌다. 그들의 인스타그램 스토리는 이란 히잡 시위와 시위 희생자들에 대한 사진과 짧은 영상으로 채워졌다. 그들의 스토리가 한두 개의 직선에서 촘촘한 점선으로 표시되기 시작했다. 2022년 11월 기준, 마흐사 아미니 페르시아어 해시태그가 포함된 게시물이 트위터에서만 2억 5000만 개 이상 작성되었다.

사라져도 휘발되지 않는 스토리

2022년부터 시위를 이끌어 간 '스토리'는 어떻게 시작되었을까? 마흐사 아미니는 가족과 테헤란으로 여행을 왔다가 지하철역 앞에서 지도 순찰대의 복장 단속에 걸렸다. 여느 히잡 단속에 걸린 여성들처럼 재교육 센터에 끌려간 그녀는 구금된 지 며칠 만에 혼수상태에 빠졌고, 갑작스러운 죽음을 맞이했다. 사건 이후 다양한 세대와 종족을 아우르는 이란 전역의 사람들과 세계 각지의 이란인 디아스포라들은 "여성, 삶, 자유", "우리는 이슬람 공화국을 원하지 않는다!"를 외치며, 1979년 이슬람 원리주의에 입각한 이슬람공화국을 탄생시킨 이란혁명 이후 최대 규모의 반(反)정부 시위를 세 달 넘게 벌였다.[1]

이란의 변화와 개혁을 꿈꿔 왔던 젊은이들은 큰 충격을 받았고, 소셜미디어 게시물에 해시태그 마흐사 아미니(#Mahsa_Amini)를 달기 시작했다. 이 해시태그는 마흐사 아

---

1   해외 각지에 살고 있는 이란인 디아스포라들은 약 400만 명으로 추정된다. 전 세계에 있는 이란 교포는 이란이슬람공화국이라는 새로운 정권의 등장과 이란-이라크 전쟁 등 1979년 이후 사회적·정치적 소용돌이 속에서 경제적 이민보다는 망명 혹은 정치적 이유로 이란을 떠난 사람들이 대부분이다.

미니를 추모하는 마음과 함께 '나도 마흐사 아미니처럼 죽을 수 있나'는 위기감을 남은 메시지였다. 불안은 곧 현실이 되었다. 해시태그 뒤에 다른 희생자들의 이름이 붙기 시작했다. 염색한 금발 머리를 질끈 동여매고 시위대 속으로 들어간 스물세 살의 하디스 나자피도 가족의 품으로 돌아오지 못했다. BTS와 블랙핑크를 좋아하던 열일곱 살 니카 역시 해시태그로 남고 말았다. 500여 명이 넘는 사망자가 발생했다. 희생자 대다수의 이름은 해시태그로도 남지 못했고, 그들의 죽음은 기억조차 되지 못했다.

언론 통제가 심각한 이란에서는 24시간이 지나면 사라지는 인스타그램 스토리를 많이 이용한다. 특히 개혁을 외치고 사회 문제를 비판하는 국내외 축구선수나 영화배우 들의 스토리에는 늘 이란 대중의 관심이 집중된다. 2022년 9월, 이란의 국민 배우라 불리는 타라네 알리두스티는 하루에도 수십 개씩 스토리를 올리기 시작했다. 811만 명의 팔로워를 가진 그녀는 이란 국내에서 비판적인 목소리를 낮추지 않는 몇 안 되는 유명인 중 한 사람이다. 알리두스티는 최근 몇 년 동안 이란 내 시위나 언론 탄압 문제 그리고 문화예술계 인사들에 대한 검열과 구속 사태가 있을 때마다 스토리를 통해 자신의 소신을 밝혀 왔다. 공공장소에서 히잡을 올바르게 쓰지 않았다는 이유로 체포된 적도 있다. 히잡 시위가 시작되자 그녀의 스토리는 각종 뉴스와 정치 구호, 시위 현장과 관련된 동영상으로 촘촘히 채워졌다. 구독자들 역시 그녀의 스토리를 열심히 공유했다.

2022년 11월, 연일 시위대에 대한 이란 당국의 사형 집행이 이루어지던 때였다. 알리두스티는 작심한 듯 스토리와 달리 시간이 흘러도 사라지지 않는 게시물을 올렸다. 쿠르드어로 "여성, 삶, 자유"라고 손으로 쓴 종이를 들고 히잡을 벗은 모습이었다. 그 후 얼마지 않아 알리두스티는 이란 보안군에 의해 자택에서 압수수색을 당하고 체포되었다. 감옥에서 고초를 겪고 나온 후에도 알리두스티는 끝내 게시물을 내리지 않았다. 그 게시물에는 180만 개에 달하는 하트가 찍혀 있다.

자기 검열을 벗어나 '공유'하기까지

이란에서 히잡의 사회문화적 의미와 온라인 플랫폼을 통한 시민 불복종 운동을 연구해 왔던 나 역시 수많은 이들의 스토리를 따라가느라 밤잠을 설쳤다. 스토리가 사라지기 전에 확인해야 했고 그것이 가리키는 곳을 쫓아가야 했다. 빽빽하게 게시된 스토리들은 절규에 가까웠다. 이란 현지에 있지 않은 나와 이란인 디아스포라들은 스토리를 통해 시위 현장과 안타까운 죽음을 마주했다.

시위가 발생하고 첫 두 달이 특히 아프고 힘들었다. 스토리를 읽고 보고 저장하면서, 나는 어느새 테헤란의 시위 현장에 나가 있는 듯 느껴지기도 했다. 1979년 이란 혁명 30년 만에 부정 선거를 의심하며, 자유와 민주주의를 외치는 함성으로 가득 찼던 그 테헤란 광장에 다시 서 있는 것 같았다. 소셜 미디어 속 사진, 영상의 시위대들과 2009년 이란 현지조사 당시 희망과 변화를 꿈꾸던 친구들의 모습이 겹쳐졌다.

고백하자면 외국인 인류학자로서 나는 이란 현지와 한국에서 늘 자기 검열에 시달렸다. 사진 한 장, 한글로 된 글 한 줄도 혹시나 이란 당국에 신고될 수 있다는 불안이 있었다. 이 같은 두려움과 불안은 이란 사회에 만연한 소문과 루머에 기

인했다. 이란에서의 연구 기간 동안 경험했던 경찰 조사도 나의 자기 검열을 강화했다.

이란 사회에 대한 비판적 연구를 하면서도 소셜미디어에 '위험해' 보이는 게시물은 올리지 않았다. 통제받는 이란 사회에 대해 연구해 나가기 위한 나의 생존 전략이자 보호 수단이었다. 하지만 이번만큼은 참을 수 없었다. 더 이상 침묵할 수 없었다. 소셜미디어에서나마 그들의 시위와 구호를 공유하기 시작했다.

오늘날 이란 시위의 원동력은 1997년 개방 노선을 표방했던 모하마드 하타미 정권이 들어서면서부터 이미 만들어져 왔다. 이란의 젊은 세대는 늘 이란의 변혁과 개혁에 대한 희망을 잃지 않았다. 특히 젊은 이란 여성들은 일상적이고 실질적인 위험에도 불구하고 저항의 목소리를 냈다. 이 과정에서 온라인 플랫폼은 국내를 넘어 해외로 망명했거나 이주한 이란인 디아스포라의 저항과 지지의 힘을 연결해 주는 장이었다.

2006년 시작된 이란 여성의 법적 지위 향상을 위한 100만 인 서명 운동, 2009년 녹색운동,[2] 2014년부터 온라인 플랫폼을 통해 시작된 강제 히잡 착용 법에 저항하는 해시태그 운동(#MyStealthyFreedom, #White-Wednesdays, #WalkingWithoutVeil), 특히 여성들에게 폭력적인 사회 현실을 고발하는 해시태그 운동 #MyCameraIsMyWeapon 그리고 여성들에게 스포츠 경기 관람의 기회를 주자는

---

2 지난 2009년 대선 결과에 불복한 대규모 반정부 시위였던 녹색운동과 그 의미는 구기연·유아름, 「미완의 혁명 그리고 위태로운 삶: 이란 녹색운동과 튀니지 재스민혁명 그 후 10년」, 《아시아리뷰》 9(2)(2020), 41~89쪽을 참고할 것.

#LetWomenGoToStadium 운동에 이르기까지 이란의 여성들은 언제나 '용감한 사자들'이었다.

글로벌 연대의 목소리

2022년 9월 25일, 서울 테헤란로에서 첫 연대 시위가 열렸다. 한국에서 유학 중인 이란 여성들은 자기 손으로 만든 구호와 피켓을 들고 모였다. 영국에 기반을 둔 언론 《이란 인터내셔널》 기자가 그 장면을 인스타그램과 유튜브 라이브로 내보냈다. 이 보도는 이후 각종 온라인 플랫폼을 통해 전 세계로 송출되었다.

언론의 사유가 보장되지 않는 미디어 환경에서 이란 시민들의 휴대전화에 담긴 시위 영상들은 어떻게 이란 바깥으로 전해지고 있을까? 여기에는 해외에 기반을 둔 미디어와 이들이 운영하는 소셜미디어 등 다양한 미디어 플랫폼을 통해서 '우리의 목소리'가 되어 주는 이란 디아스포라들의 역할이 컸다.[3]

물론 이번 마흐사 아미니의 죽음이 전해지는 데는 이란 개혁 신문 《샤르그》의 기자인 닐루파 하메디의 용감한 취재의 힘이 컸다. 하지만 현재 하메디뿐 아니라 마흐사 아미니의 장례식을 취재했던 사진기자 얄다 메이리를 비롯해 최소 열일곱 명 이상의 언론인이 구속되고 있다. 그렇기에 이란 국

---

3 특히 1990년대부터 확산된, 이란 디아스포라들이 제작하고 송출하는 위성 방송은 이란 사회에 거대한 대항 담론이 형성되는 데 공헌했다. 이란 디아스포라들의 역할은 이번 히잡 시위에서도 두드러졌고, 이란 내 국민들 역시 국영 방송이나 국내 방송보다는 디아스포라들의 온라인 미디어를 더욱 신뢰하는 편이다.

내 언론을 통해 지금의 현실을 명확하게 전달하기는 어렵다. 언론사의 콘셉과 언론인들의 신변 위협이 있는 가운데, 녹색 운동 때와 마찬가지로 《BBC 페르시안》이나 《이란 인터내셔널》, 《만오토》 같은 위성 미디어 채널[4]이 이란 내 언론사가 통제에 묶여 할 수 없는 부분을 채워 주었다. 소셜미디어가 발달하면서 이 위성 미디어 채널들은 인스타그램과 유튜브, 텔레그램 같은 소셜미디어를 보다 적극적으로 활용했다. 이러한 초국가적 연대를 가능하게 한 것이 바로 이란혁명 이후 끊임없이 이주와 망명의 역사를 이어 온 이란인 디아스포라들의 힘이기도 하다.

이슬람 정권은 1990년대 이후 인터넷을 검열하고 위성 수신기 장비를 범죄화했음에도 뉴미디어가 빠르게 확산하는 것을 불안하게 지켜봐야 했다.[5] 이에 아마디네자드 2기 정부를 중심으로 한 보수적인 통치자들은 미디어를 새롭게 통제하고 검열을 강화했으며, 국가 인터넷망 구축에 속도를 냈다. 그런데 2013년 대선에서 중도파 정치인 하산 로하니가 승리하면서 국가 정책에 균열이 생겼다. 로하니 정부의 통신 및 미디어 통제 완화 정책의 결과, 2009년 대규모 반정부 시위 이후 가장 규모가 컸던 2017~2018년 시위에서도 소셜미디어는 저항

---

4   이란 위성 미디어 연구는 구기연, 「저항하는 헤테로토피아 공간으로서의 이란 위성 미디어와 경합하는 정체성들」, 《중동문제연구》 21(2)(2022), 325~358쪽을 참고할 것.

5   위성 미디어를 비롯한 뉴미디어의 규모와 중대성은 2009년 대선의 여파로 재확인되었다. 이것이 촉발한 녹색운동 동안 백만 명의 시민이 투표 조작에 항의하고 선거 결과의 무효를 요구하기 위해 전국에서 거리로 나왔다. 국내 독립 미디어가 없는 상황에서 개별 시위자은 인터넷에서 뉴스, 이미지, 비디오를 외부로 전파했다.

을 확산시키는 데 중요한 역할을 했다.

이런 일을 겪으며 이슬람 정권의 권위주의적 통치 아래 뉴미디어의 기능과 중요성을 정권과 대중 모두 인지하게 되었다. 이란 내 대규모 시위가 있을 때마다 이란 당국은 며칠 동안 위성 방송을 비롯해 인터넷을 차단했다. 이번 히잡 시위에서도 이란 당국은 필사적으로 이란 내부의 인터넷망을 차단했다. 시위가 한창일 때는 새벽 2시가 넘어야 인터넷 접속이 가능했고, 아침 7시를 전후로 접속이 다시 불가능해졌다.

하지만 시민들은 한밤중에 VPN을 이용해 해외의 디아스포라 미디어에 끊임없이 자신들의 영상과 사진을 보냈다. 이란 시민들은 공포에 떨고 있었으며, 영상과 함께 촬영자의 울음과 분노의 목소리도 고스란히 전해졌다. 특히 2009년 녹색운동 이후부터 이란 국민들은 위성 미디어를 통해 '연대하는 신체들의 힘'을 인식하게 되었다. 주디스 버틀러는 검열을 피해 가려는 미디어가 거리의 신체들을 보다 주체적으로 만들어 내며, "지역 거리의 현장들은 미디어를 통해 전 지구적으로 시공간을 재현해 낼 수 있음"을 주장한 바 있다. 또한 미디어는 거리의 현장을 보도하는 것에 그치지 않고 그 사건과 행동의 일부가 될 때 정치적인 영향력을 가진다.[6] 그러므로 이란의 소셜미디어는 단순한 전달자를 넘어 글로벌 연대성을 끌어내는 정치력을 갖게 되며, 미디어로 매개된 정치로 중요성을 갖는다.

6   주디스 버틀러, 김응산·양효실 옮김, 『연대하는 신체들과 거리의 정치』(창비, 2020), 132~137쪽.

이란의 시린 봄

봄을 알리는 2023년 3월 21일 춘분, 이란의 새해인 1402년이 시작되었다. 이란 지인들은 소셜미디어에서 2022년, 즉 이란력 1401년이 얼마나 힘들었는지 회고했다. 그리고 새해에는 새로운 희망이 찾아오길 바랐다. 하지만 대규모 반정부 시위가 잠잠해지던 이란 사회에서 또다시 충격적인 소식이 들려왔다. 여학생과 여대생을 대상으로 한 독성 가스 공격이 전국 각 지역에서 벌어진 것이다. 그 처참한 광경은 소셜미디어의 게시물과 영상으로 국내외로 알려졌다. 정체 모를 유독 가스를 마시고 숨을 쉴 수 없다며 고통을 호소하는 여학생들의 모습은 영상을 보면서도 믿기 힘든 광경이었다.

한편 이란 당국은 지난 몇 개월 동안 느슨했던 고삐를 다시 잡아당기고 있다. 2023년 4월 15일, 이란 경찰청은 공공장소나 차 안에서 히잡을 착용하지 않는 여성에 대한 단속을 시작한다는 입장을 밝혔다. '히잡 미착용은 범죄'라며 처벌 의지를 보였고, 감시카메라를 통한 대대적인 히잡 단속을 예고했다. 병원에서 호흡 곤란을 겪는 딸과 친구들의 모습을 영상으로 담은 한 아버지는 분노의 목소리를 온라인에 공유했다. "히잡 단속하는 감시카메라를 설치할 생각하지 말고, 우리 딸들을 위협하는 범인부터 그 감시카메라로 잡아라!"

이러한 온라인 플랫폼을 통한 연대가 현실 정치를 변화시키기에 부족하다는 비판도 있다. 그러나 안전이 담보되지 않은 상황과 사회 비판의 공론장을 구축할 수 없는 한계 속에서 파편화된 목소리를 모으는 온라인 플랫폼에서의 연대는 느슨해 보이지만 강력하다. 이것이 바로 시위가 일어날 때마다 이란 정부가 인터넷을 엄격하게 차단하는 이유다. 이란 민중들의 외침이 두렵기 때문이다.

이란의 봄은 시리지만, 이미 시작되었다. 독가스 공격의 위협과 끊임없는 당국의 제재에도 불구하고 이란의 여성들은, 시위대들은 물러서지 않는다. 허리까지 내려오는 머리를 풀어 헤치고 친구와 함께 걷는 모습, 이란 이슬람 공화국에서는 금지된 행동인 거리에서 춤을 추는 모습을 담은 영상과 사진이 지금 이 순간에도 온라인 플랫폼을 가득 메우고 있다. 절대 사라지지 않을 그 이름 해시태그 마흐사 아미니와 함께.

후쿠시마의 주민들

＊오은정

2011년 3월 11일 오전 북서 태평양 지각 아래에서 태평양판과 북미판 경계를 이루는 단층이 미끄러졌다. 엄청난 높이의 쓰나미가 일본의 동북 해안을 덮쳤다. 나는 막 두 돌을 넘긴 아이와 함께 거실의 텔레비전을 통해 그 충격적인 장면을 접했다. 다음날에는 후쿠시마에서 가동 중이던 원전 3기가 폭발했다는 소식이 들려왔다. 일본에 거주하는 해외 주재원, 유학생, 외교관 등에 대한 자국 철수 명령이 떨어졌고, 일본 전역의 방사선량 수치가 전 세계에 실시간으로 타전되었다.

그때 나는 아이를 돌보며 2차 세계대전 당시 히로시마와 나가사키에서 피폭된 조선인 생존자들의 삶을 주제로 한 박사논문을 준비하고 있었다. 어떤 이들은 다 지나간 일을 왜 그렇게 붙잡고 있느냐 했지만 생존자의 삶에서 피폭은 여전히 진행 중인 사건이었다. 수만 분의 1초도 안 되는 순간의 원자폭탄 폭발은 생애 전 과정에 영향을 끼친다. 원자로 내부의 핵연료 멜트다운은 원자폭탄처럼 순간적으로 엄청난 에너지를 방출하는 것은 아니지만 그와 맞먹는 핵분열을 수만 년에 걸

처 지속한다는 점에서 더 미묘하고 복잡하다. 빨리 논문을 마무리하고 후쿠시마 원전사고를 들여다보겠다고 계획했지만, 후쿠시마에 가게 된 것은 7년이나 지난 후였다. 도쿄올림픽 개최를 2년 앞둔 2018년 2월, 도쿄에서 후쿠시마 해안가로 이어지는 JR조반선 철도가 후쿠시마 원전 지역 일부만을 입경 금지 구역으로 남기고 운행을 재개한 때였다.

나미에마치로 향하는 열차는 나를 포함한 승객 두어 명을 태우고 해안선을 따라 천천히 달렸다. 열차가 멈춘 나미에마치 역은 모든 것이 정지해 있는 듯 고요했다. 붉은 녹물이 흘러내리는 신호등과 검정색 플렉시블 용기에 담긴 제염 폐기물만이 마을의 풍경을 이루고 있었다. 존재들은 살아가며 호흡, 소리, 색, 냄새, 생각, 행위, 물질의 자취를 '선'으로 남기고, 그 선들은 이어지고 엉키며 '삶의 세계'를 만들어 낸다.[1] 삶의 세계를 이루는 선들이 끊어진 자리에서 움직이는 것은 제방 공사를 위해 동원된 육중한 대형 트럭 몇 대뿐이었다. 열차에서 내려 밖으로 나가자 작은 역을 지키던 역무원이 서둘러 나에게 다가와 '여기'에서 '밖'으로 나갈 수 있는 열차는 몇 시간 후에나 올 테니 타고 왔던 열차가 돌아갈 때 나가는 편이 좋겠다고 친절히 안내해 주었다.

내일이 없는 피난 생활

후쿠시마현 나미에마치에 살고 있던 간노 미즈에가 방호복과 방독마스크를 쓰고 있는 사람들로부터 다급하게 피난

---

1   Tim Ingold, *The Life of Lines*(Routledge, 2015).

을 가라는 말을 들은 것은 2011년 3월 12일이었다.[2] 불과 두 달 전, 그녀는 "후쿠시마 인건은 어떤 개체에도 끄떡없다."라는 도쿄전력 홍보 직원의 말을 들으며 고개를 끄덕였다. 지진과 쓰나미로 전기와 통신이 다 끊겼을 때도 간노는 여느 때처럼 시간이 지나면 다시 일상으로 돌아가리라 생각했다. 그 생각은 여지없이 무너졌다. 3월 15일 마을 주민들에게 피난 지시가 내려졌다. 간노는 후쿠시마현에서 지정한 임시 피난처가 아닌 나가노에 있는 여동생의 집에 머물기로 했다. 금방 집으로 돌아올 것이라 기대했다.

마을을 나서는 길목에는 선량 측정 검사소가 설치되어 있었다. 현의 원자력 재난 지침에 따르면 방사선 계수가 1만 3000씨피엠[3][3]을 넘으면 시민에게 안정 요오드를 제공하고 기록에 남겨야 했지만 현실은 달랐다. 검사소 직원이 그의 몸에 선량계를 대자 바늘이 한계치를 넘어 제대로 작동하지 않았지만 새로운 선량계로 다시 측정하지 않았다. 안정 요오드도 받지 못했다. 간노는 겉옷 몇 가지를 들고 마을을 빠져나왔다.

어쨌든 나가노 쪽으로 갔습니다. 밤새도록 좁은 차 안에서 아들이랑 실랑이를 벌이면서 갔어요. 아들이 자기는 "도망치고 싶지 않다."라고 하더라구요. "어차피 어딜 가더라도 못 사는 거라면 그냥 쓰시마에 돌아가고 싶다."라고요. (……) 고속도로

---

2   FOE JAPAN, "[후쿠시마 기억하기 프로젝트] 간노 미즈에".

3   1분당 측정되는 방사선수(count per minute). 후쿠시마 원전사고 당시 일본에서 한국으로 입국한 이들의 방사능 오염 여부를 판정할 때의 기준은 70씨피엠이었다.

를 타기 시작해 처음으로 주차를 했어요. 거기 큰 커피 전문점 체인이 있는데 그곳은 평소처럼 커피를 팔더군요. 항상 블랙 커피를 마시는데, 그때는 라떼를 마신 게 생각나요. 라떼를 마시기 시작하는데 눈물이 나면서 멈추질 않는 거예요. '왜 여기는 다 이렇게 평범한 일상인 거지?' 우리에게는 내일이 보이지 않는데, 여기엔 일상이 유지된다는 게, 이해가 안 되는 거예요. '왜 이런 일이 일어난 거지?'

원전사고 영향 구역에서 피난 명령을 받은 16만 4000여 명의 주민에게 '평범한 일상'이 사라진, '내일이 보이지 않는' 날들은 이후로도 수년간 이어졌다. 집을 떠난 많은 이들이 타 지역의 가설 주택 임시 숙소로 뿔뿔이 흩어졌다. 피난자의 절반 이상이 네 곳 이상의 피난지를 전전했다. 그러는 동안 사람들은 집과 일자리 그리고 이웃을 잃었다.

임시 숙소에서의 생활은 피재민의 몸과 마음을 아프게 하고 심지어 죽음에 이르게 했다. 2017년 원전사고 후 피난 생활을 하는 시민들을 연구한 쓰쿠바대학 정신의학과의 다치가와 히로카 교수는 연구 대상자 310명 중 20퍼센트가 '자살 생각을 한 적이 있다'고 응답한 결과를 발표했다. 설문 대상 39퍼센트가 외상 후 스트레스 장애를 의심할 만한 증상을 보였다. 집을 떠나 가족과 떨어져 지내야 하는 고통이나 금전적인 어려움으로 인한 가족 간 불화도 빈도 높게 보고됐다.

기억과 다른 집으로

동일본대지진 이후 일본 정부는 재난 지역의 복구를 위해 10년간 약 340조 원의 부흥 예산을 쏟아부었다. 도로와 철도,

제방 건설 등 지역 기반 시설이 복구되고 제염 활동이 진척되며 피난 명령이 해제되기 시작했다. 이에 따라 힘든 임시 숙소 생활을 접고 귀환하는 사람들이 생겨났다. 이타쿠라 마사오는 피난 생활 7년째인 2018년 4월 도미오카의 고향 집으로 돌아왔다.[4] 그러나 집은 예전 그대로가 아니었다. 원전에서 6킬로미터 정도 떨어진 마을의 공기 중 방사선량은 안전 범위라고 했지만, 집 안에서 세 배가 넘는 수치가 찍힐 때도 있었다. 그러나 피난 생활을 끝낼 수 있다면 감수할 수 있었다. 귀환은 그에게 최선의 결정이었지만 다른 사람에게도 같은 선택을 하라고 말하지는 않는다.

> 저는 노인이라 여기 있는 거죠. 예를 들어 방사능 때문에 내일 (저에게) 무슨 일이 일어난다고 해도 아무도 방사능 때문이라고는 하지 않을 겁니다. 나이가 많아서라고 하겠죠. 손주와 아이들은 웬만하면 이곳에 오지 말라고 하고 있어요. (……) 이곳 후쿠시마를 보지 않는 사람은 언론 보도만 듣고 텔레비전만 보는 사람은 이 현실을 상상조차 못 할 거예요. 정말 이거(방사성 폐기물) 엄청난 양입니다. 이걸 도대체 어떻게 하려나 싶어요. 검은 봉지에 넣은 걸 트럭으로 가져와서 놓고 갑니다. 그걸 펼쳐놓고 방사선량을 계산합니다. 점점 늘어나고 있어요. 임시 보관 장소에 두는 거죠. 임시 보관도 사실 아니에요. 2차 보관 장소는 어디냐고 물어봐도 그런 곳은 없거든요. 이런 상황에서 부흥이라는 구호만 목청껏 외치고 있습니다.

---

4   FoE Japan, "[후쿠시마 기억하기 프로젝트] 후쿠시마현 도미오카마치로 귀환한 이타쿠라 마사오 씨".

상실한 것들의 목록은 길게 이어진다. 피난 지시가 해제된 이이타테무라에 귀환한 여성들은 이렇게 말한다.[5]

손자들이 이이타테 집에 오지 않아요. 올 수 없다고 해야겠지요. 큰아들의 아이들도 한 번도 오지 않았어요. 손자는 아빠의 고향을 알지 못하겠지요. 자연이 풍요롭고, 봄에는 고사리나 부근의 나물을 따서 먹거나 쑥을 캐서 초병을 만든다거나 하던, 전부터 먹던 걸 이제 먹을 수 없어요. 밤하늘의 아름다운 모습도 손자들에게는 보여 줄 수 없게 되었어요. 같이 놀고 싶어요.

사계절마다 먹을 수 있었던 이이타테의 집 주변의 푸성귀, 산나물, 그런 게 아무래도 가장 큰 게 아닐까요. 돈에 기대지 않고도 살아갈 수 있었던 삶을 잃어버린 것 같아요.

지역이 모두 뿔뿔이 흩어져 버려서 그게 슬퍼요. 키즈나(絆)라고 할까, 연이라고 할까, 연결되어 있다는 것, 그런 게 없어져 버린 것 같아 쓸쓸하지요.

1986년 체르노빌 원전사고 이후 탈원전과 생태적인 삶을 실천하기 위해 후쿠시마 산속 찻집 '키라라'를 운영하던 무토 루이코는 원전사고 이후 도쿄전력 경영진의 책임을 묻는 소송을 진행했다. 그는 주민들에게 "마땅히 있었어야 할 시간"[6]이 사라졌다고 말했다. 정부는 복구와 부흥을 외쳤지만 고향

5   いいたてWING19, 『飯舘村の女性たち』(SAGA Design, 2016).
6   武藤類子, 『10年後の福島からあなたへ』(大月書店, 2021).

으로 돌아온 사람들에게 가족 그리고 이웃들과 연결된 생활, 주변의 텃밭과 논 그리고 숲이 내어주는 것들로 꾸리는 삶은 더는 당연하지 않았다. 제염되지 않은 집에서 평범한 일상은 회복되기 어려웠다.

삶의 세계를 바꾸는 목소리

폐로와 제염의 상황을 직접 눈으로 목격한 주민들은 정부의 부흥 완료 선언도, 안심해도 좋다는 도쿄전력과 전문가들의 발언도 믿을 수 없었다. 일례로 일본 정부는 오염수 방류가 40년에 걸쳐 완료될 것이라 선전하지만 그것이 현재 오염수 저장 탱크에 저장된 분량에 한해서라는 점은 잘 이야기하지 않는다. 오염된 원자로 주변에 흘러드는 지하수나 원자로 중심부에서 누출되는 방사선량이 애초 예상치보다 훨씬 높았고, 폐로의 핵심인 핵연료 잔해물을 회수하는 작업은 시작도 하지 못했다. 원전사고 수습의 최전선에 있는 일본원자력학회조차 "폐로는 적어도 100년에서 300년 정도 걸린다."[7]라고 말할 정도다.

원전 인근 지역을 떠나지 않았거나 귀환한 주민들의 긴장과 불안이 높은 것은 당연했다. 특히 살림하고 아이를 돌보는 여성들은 피폭 위험에 대한 우려가 더 높았다. 식재료를 고르고 야외에 빨래를 너는 것, 바깥에서 아이와 산책이나 놀이를 하는 것, 집 안으로 들어온 먼지를 닦아 내고 청소를 하는 일상이 이전에 하지 않았던 질문을 하게 했다. "아이들이 어린

---

7   福島第一原子力発電所廃炉検討委員会, "国際基準からみた廃棄物管理" (2020).

이집 놀이터에서 흙을 만져도 될까?", "바다에서 수영을 해도 될까?", "후쿠시마에 남아 아이를 기르는 게 옳은 결정이었을까?"

후쿠시마에서 아이를 기르는 데에 불안을 느끼는 지역 여성들은 모여서 직접 방사능 수치를 측정하기로 했다. '젖먹이를 기르는 어머니'라는 의미를 지닌 후쿠시마의 방사능측정실 '타라치네'는 안전한 먹을거리를 찾는 엄마들의 모임이 모태가 되었다. 단체에서 직접 설치한 장비로 측정한 방사선량 모니터링 결과와 다양한 종류의 식재료 표본을 제공하고, 아이들이 일상에서 가지고 노는 놀잇감이나 흙, 나무, 때로 유골까지도 의뢰가 들어오면 측정치를 제공한다.

타라치네가 하는 일이 선량 측정만은 아니다. 내가 처음 단체를 방문했던 2018년 2월 타라치네는 사무실과 소아과상담실 옆에 아로마 테라피 공간을 만들고 있었다. 부모들이 불안과 스트레스를 줄이고 편하게 이야기 나눌 수 있는 곳이다. 피폭 위험에 대한 불안이나 걱정을 드러내면 '지역의 부흥 노력에 찬물을 끼얹는 철부지'라거나 '피해망상에 사로잡힌 이기주의자'라는 비난을 받는 분위기 속에서 타라치네는 아이를 기르는 여성들이 마음을 터놓을 수 있는 장소였다. 타라치네는 체르노빌 원전사고로 피폭된 벨라루스 사람들을 초청해 간담회를 열기도 했다.

사람은 자기가 직접 당하지 않으면 그 심정을 잘 모르잖아요. 방사선이라는 것도 보이지 않고 만져지지 않고 냄새가 나는 것이 아니기 때문에 사람들은 잘 몰라요. 마음을 잘 모르는 것과 마찬가지죠. 그런데 벨라루스 사람들이 왔을 때 그 사람들과 이야기를 나누면서 입장이 비슷하다는 것이 얼마나 서로 간의 공통감사를 만들어 내는지 느낄 수 있었어요. 비슷한 경험을 한다는 것이 주는 것, 동료들을 만나는 것이 그래서 중요하지요.[8]

타라치네는 방사능을 측정하고, 검사하고, 진단하고, 상담하고, 설명한다. 사람들은 타라치네의 활동을 통해 자신이 거주하는 삶의 세계를 해석하고 같은 지역에 살아가는 사람들 사이의 공통감각을 만들어 낸다. 눈에 보이지 않는 방사능을 그저 두려워하는 것이 아니라 행동의 방향을 정하고 실천을 조직한다. 불안과 의심, 무심함과 무지, 삶의 가능성에 대한 희망이나 의지는 한 지역에서 살고 있는 사람들에게 그저 주어지지 않는다. 감정과 태도들은 다양하고 복잡한 수치들을 비교하고 구분하면서, 차이들을 인식하고 만들어 내는 과정을 통해서 정교하게 엮인다.

그런 점에서 방사선량 측정 활동은 삶의 세계를 구축하는 다양한 사람과 사물들의 관계를 조정하고, 정책과 제도에 문제 제기하는 작업이기도 하다. 2023년 9월 일본 정부의 오염수 방류를 앞두고 타라치네는 오염수 방류를 반대하는 입장을 발표했다. 활동가 기무라 아이는 BBC와 진행한 인터뷰에서 "우리는 오염수가 어느 정도까지 처리되었는지 아직 모른다."[9]라며 후쿠시마에서 출하한 식재료의 방사성 물질이 점

8　스즈키 가오리 타라치네 사무국장 인터뷰, 2018년 2월 19일.
9　「후쿠시마 원전 오염수 방류 앞두고 알려진 사실들」, 《BBC 코리아》, 2023년 7월 15일.

차 감소 중이었는데, 오염수를 방류하면 이 수준까지 끌어올린 자연의 힘이 무효가 된다고 말했다. 도토리로 만든 팽이, 진공청소기 필터에 뭉친 먼지, 시장에서 구입한 양배추, 사망한 이들의 뼈, 후쿠시마현 바닷물 샘플 등을 꾸준히 측정하면서 그들이 구축하고 발신한 입장이다.

2011년 3월에 나와 함께 텔레비전을 보았던 아이는 중학교 3학년이 되었다. 아이는 보통의 사춘기를 보내고 있고 나는 지금 방학을 맞이한 아이를 돌보고 크고 작은 집안일들을 처리하며 이 글을 쓰고 있다. 원전사고가 아니었다면 후쿠시마에서 아이를 기르던 여성들에게도 평범했을 일상이다. 돌이켜보면 그 사고는 나와 아이 그리고 우리에게도 찾아올 수 있는 재난이었다. 후쿠시마 원전사고 조사위원회의 한 전문가는 사고가 가까스로 수습될 수 있었던 것은 아이러니하지만 운이 따랐기 때문이라고 했다. 쓰나미가 조금만 더 높았더라도, 외부 임시 전원 공급이 조금만 늦었더라도 핵연료 멜트다운은 통제 범위를 벗어났을 터였다. 그러니 나의 평범한 일상은 그저 운이 좀 더 좋아서 누리는 것이다. 나는 이 취약한 장소를 여전히 집으로 삼고 살아가는 사람들이 평범한 일상을 회복하기 위해 만들어 내고 발신하는 목소리를 듣고 이어 말하고 있다.

저자 약력

＊하미나

작가. 하마글방의 글방지기. 서울과 베를린을 기반으로 활동한다. 『미쳐 있고 괴상하며 오만하고 똑똑한 여자들』, 『아무튼, 잠수』를 썼고, 함께 지은 책으로 『상처 퍼즐 맞추기』, 『언니에게 보내는 행운의 편지』, 『걸어간다, 우리가 멈추고 싶을 때까지』가 있다.

＊정희원

서울아산병원 노년내과 교수. 서울대 의과대학을 졸업하고 서울대병원에서 전문의를, 카이스트 의과학대학원에서 이학박사를 취득했다. 의과대학 시절 호른을 연습하며 근육 유지의 중요성을 깨달았고 이후 내과 실습을 돌며 노인의학에 완전히 매료되었다. 우리 사회의 노화와 노쇠에 관한 이야기를 담은 『지속가능한 나이듦』을 썼다.

＊허성원

서울대 여성학협동과정 박사과정에 재학 중이며, 성 소수자 대학원생/신진연구자 네트워크에서 활동하고 있다. 몇 편의 젠더 및 퀴어 이론 텍스트 번역에 참여했고, 퀴어 이론과 후기 식민 연구에 관심을 두고 한국 사회의 퀴어 수행성을 연구하고 있다. 「퀴어 정동 정치를 향하여: 독해 실천으로서의 퀴어 정동 이론」 등의 논문을 발표했다.

＊김민호

서울대에서 법학을 전공했으며, 동대학 철학과에서 데카르트의 『정념론』으로 석사 논문을 썼다. 현재 파리8대학 산하 철학의 현대적 논리 연구소(LLCP)에서 샤를 라몽의 지도 아래 『그라마톨로지』 이전부터 유령론 너머까지 이어지는 데리다 사유의 전개를 주제로 박사논문을 작성하고 있다.

* 구기연

문화인류학자이자 서울대 아시아연구소 연구교수다. 한국외대를 졸업하고, 서울대 인류학과 대학원에서 문화인류학 석사학위, 박사학위를 취득했다. 『이란 도시 젊은이, 그들만의 세상 만들기』를 썼으며, 경향신문에 국제 칼럼을 기고하고 있다. 서아시아 지역과 한국의 이슬람포비아 현상 그리고 무슬림 이주민에 대해 연구한다.

* 오은정

강원대 문화인류학과 조교수. 히로시마와 나가사키의 조선인 원폭 피해자들의 역사와 도쿄전력 후쿠시마 제1원전 폭발 사고 이후 지역 주민들의 활동에 대해 연구하고 있다. 공저로 『오늘을 넘는 아시아 여성』, 『재일한인의 인류학』 등이 있다. 『원자력의 사회사』 등을 번역했다.

워터프루프북 X 인문잡지 한편

스크롤을 멈추면

1판 1쇄 찍음 2024년 7월 8일
1판 1쇄 펴냄 2024년 7월 31일

지은이 하미나, 정희원, 허성원, 김민호, 구기연, 오은정
발행인 박근섭, 박상준
펴낸곳 (주)민음사
디자인 오이뮤(OIMU)

출판등록 1966. 5. 19. 제16-490호
서울특별시 강남구 도산대로1길 62(신사동)
강남출판문화센터 5층 06027
대표전화 02-515-2000 팩시밀리 02-515-2007
www.minumsa.com

ISBN 978-89-374-4613-9 04810
ISBN 978-89-374-4611-5 04810 (세트)

* 잘못 만들어진 책은 구입처에서 교환해 드립니다.